16	3	2	13
5	10	11	8
9	6	7	12
4	15	14	1

Pierre-Yves Bourdil

O DIA EM QUE A VERDADE SUMIU

Ilustrações do autor
Tradução de Paulo Neves

editora 34

EDITORA 34

Editora 34 Ltda.
Rua Hungria, 592 Jardim Europa CEP 01455-000
São Paulo - SP Brasil Tel/Fax (11) 3811-6777 www.editora34.com.br

Edição conforme o Acordo Ortográfico da Língua Portuguesa.

Capa, projeto gráfico e editoração eletrônica:
Bracher & Malta Produção Gráfica

Ilustrações:
Pierre-Yves Bourdil

Revisão:
Alberto Martins
Cide Piquet

1ª Edição - 2001 (2 Reimpressões), 2ª Edição - 2015

Catalogação na Fonte do Departamento Nacional do Livro
(Fundação Biblioteca Nacional, RJ, Brasil)

Bourdil, Pierre-Yves, 1947
B769d O dia em que a verdade sumiu /
Pierre-Yves Bourdil; ilustrações do autor;
tradução de Paulo Neves — São Paulo:
Editora 34, 2015 (2ª Edição).
240 p. (Coleção Infanto-Juvenil)

ISBN 978-85-7326-195-0

Tradução de: La vérité s'est cassée en morceaux

1. Literatura infanto-juvenil francesa.
I. Neves, Paulo. II. Título. III. Série.

CDD - 848

O DIA EM QUE A VERDADE SUMIU

Naquela noite, André não havia dormido pior do que de hábito. Nem melhor. Havia dormido *como de hábito*: é a expressão que convém. Bem, e daí? Ninguém pergunta o que se passa enquanto se dorme. Dorme-se, é tudo. Ponto final. E, quando se dormiu o suficiente, acorda-se. Não há nada de especial nisso. Não se faz uma história com banalidades como essas.

Mas então como explicar que, ao despertar, ele se sentisse um tanto estranho? O quarto, os móveis, os livros, a lâmpada, as imagens nas paredes, os brinquedos dos quais ainda não havia ousado se desfazer, as roupas que jogara vagamente sobre a cadeira antes de se deitar não tinham mais seu ar costumeiro. Continuavam em tudo semelhantes ao que eram na véspera à noite, *e no entanto não eram mais os mesmos*. A luz adquiria um aspecto inusitado ao atravessar as persianas, a ponto de dar vontade de tocá-la. André percebia isso claramente, sem conseguir dizer o que sentia. As palavras não vinham. Mas isso não mudava o fato de que *alguma coisa* acontecera.

Evidentemente, não há nenhuma razão séria para que a realidade se transforme em mistério durante a noite. As fadas só existem nos contos, que contam mentiras, como todos sabem. Aqui, ao contrário, podia-se *jurar* que era verdade.

Tampouco era o caso de se remeter ao dia anterior. O domingo, sobretudo nessa estação, transcorria tediosamente com papai-mamãe, fazendo *jogging* ao longo da praia, andando de bicicleta, empinando papagaio. À noite voltava-se para casa nem mais nem menos cansado do que de hábito. Impossível, portanto, saber o que poderia ter acontecido. A menos que a coisa tivesse vindo às escondidas, ao longo dos dias, sem ninguém perceber nada. Pouco importa, aliás, já que ela estava aí e nada se podia fazer.

Como explicar?

André imaginou-se no centro de um imenso espelho no qual as imagens se confundiam sem que pudesse ordená-las. Estamos deste lado, completamente aturdidos, mas também do outro lado. Somos o mesmo e não mais o mesmo. Erguemos a mão direita, ela se ergue do outro lado do espelho, só que essa mão direita é na realidade uma mão esquerda!

E as pessoas, na rua, será que passariam a imitá-lo à maneira delas, com seus chapeuzinhos, seus casacos, seus carrinhos?

E os pensamentos?

O mundo, naquela manhã, estava desajeitado, como quando vestimos uma camiseta pelo avesso e em toda parte ela se põe a fazer dobras estranhas.

De súbito, André pegou seu livro de história, que não havia guardado antes de dormir. Era o primeiro objeto que podia tomar nas mãos. Acariciou-o, para verificar que era exatamente *ele*, o seu livro, o seu livro de todos os dias. Era de fato ele. E, ao mesmo tempo, não podia deixar de constatar que era também um *outro* livro, completamente desconhecido. Abriu uma página, ao acaso:

— Página 70: *"Os primeiros reis capetos, pouco poderosos, vivem unicamente da produção de seu domínio. Sua influência não vai muito além do Loire. Hugo Capeto foi eleito pelos grandes senhores feudais, seu trono portanto não é, em princípio, hereditário; todavia, para garantir sua sucessão, ainda em vida ele faz coroar seu filho. Seus sucessores agirão do mesmo modo até o século XII, e terão a sorte de ter ao menos um filho homem durante onze gerações..."*

Interrompeu a leitura. Para maior verossimilhança, havia cinco imagens na página da direita. Ele as examinou. Como não havia fotos no tempo de Hugo Capeto, os autores do livro haviam escolhido desenhos. Não eram muito realistas. Pareciam desenhos de criança. Mais benfeitos, certamente, mas igualmente ingênuos. Um pouco tortos.

Então, como saber se eles têm uma relação com os acontecimentos da época?

André ficou perplexo. Se os professores de história não têm nada de mais fidedigno a apresentar, como ter certeza de que não estão contando mentiras? Hugo Capeto, seus filhos, eles talvez os tenham inventado para chatear os alunos. São bem capazes disso! Mas professores são professores e todo o mundo sabe que adoram complicar a vida; o que seria uma loucura é se as coisas que temos sob os olhos começassem a mudar de forma o tempo todo. Porque, mesmo se o que conta o livro de história é falso, ainda assim não se pode duvidar da existência do próprio livro!

André bateu na encadernação para se certificar, *toc, toc, toc*. Ela estava ali, branca e vermelha, lisa, um pouco dura, com um cavaleiro em armadura representado na capa. Isso pelo menos não é mentira! E a escrivaninha? André subiu em cima dela. Eis aí algo sólido!

Então, como explicar que, a despeito dessas certezas, ele não pudesse se livrar da sensação de que as coisas estavam estranhas? Talvez fossem suas ideias que estavam descarrilhando...

— E se eu estiver doente?

É verdade. Quando estamos com febre, ficamos con-

fusos, a cabeça gira e os olhos lacrimejam. Sofremos. Ninguém gosta disso, mesmo se acha uma maravilha não ir à escola. Aqui, porém, tratava-se de outra coisa, pois essa "doença" não era realmente uma doença: ela dava mais vontade de sorrir que de chorar.

Duvidar de um livro de história ou mudar de opinião sobre a luz que ilumina o quarto não são argumentos sérios para ficar em casa. André jamais convenceria sua mãe com isso. Primeiro, a coisa certamente não funcionaria, ainda mais que ela não se deixara enganar das outras vezes, e além disso... Além disso, nada. Era assim: ele não tinha vontade. Sem motivo.

Sua "descoberta" sem dúvida o perturbava, mas o deixava de bom humor. Ele não ria escancaradamente, como quando o sol brilha com tanta intensidade que sentimos que a vida é bela e tudo correrá bem. Era começo de maio e o tempo estava bom há muitos dias para que André se importasse com isso. Não há nada de espantoso em ficar alegre na primavera quando percebemos que os dias se alongam. Não, decididamente, naquela manhã, outra coisa se passava, que ele não sabia explicar, e que ele não explicaria. Não ainda. Não por enquanto. Uma espécie de doença. É o que ele diria se lhe perguntassem alguma coisa: *estou com uma espécie de doença.*

Olhou seu relógio: "Seis e meia", este dizia.

— Se é *verdade* que são seis e meia, disse André continuando a sorrir, é cedo para sair da cama.

Hesitou. Sua "doença" o levava a não acreditar que eram realmente seis e meia. Foi até o banheiro, em silêncio, fingindo que nada estava acontecendo.

— Se não acreditamos em nada, podemos fazer o que quisermos.

Tomou uma longa ducha morna e esfregou-se cuidadosamente, com aplicação, utilizando muito sabonete, como se tentasse eliminar uma crosta. Parece que, de tempos em tempos, as serpentes deslizam entre duas pedras para fazer com que sua antiga pele se desprenda suavemente. Saem dali completamente novas. André interrogou-se a esse respeito. Não percebeu nenhuma mudança notável, tanto mais que tinha tanta razão para acreditar no que lhe haviam dito sobre as serpentes quanto no que lhe disseram sobre Hugo Capeto. Para ser honesto, sentiu-se apenas mais limpo.

Olhou-se no espelho. Com exceção de seu sorriso

e, talvez, de um pequeno brilho nos olhos, viu-se como todos os dias. Sua aparência quase não se modificara. Era *ele* que ele via. Era realmente *ele*. Seria preciso que seu corpo mudasse repentinamente, que um mágico o transformasse num sapo, ou num burro, ou algo do gênero, para que isso o impressionasse. E, mesmo assim, aquele que se descobre metamorfoseado em animal percebe o que lhe acontece? Será que não se sente tão normal quanto antes? Os que o veem se assustam, sim, porque não o reconhecem mais, ou porque ouvem sua voz sair de uma boca de sapo. Mas, e ele?

Ficou decepcionado por continuar sendo *o mesmo* que antes. Agiu, portanto, *como de hábito*, pois não tinha outra coisa a fazer. Abriu a janela. Nada a dizer da paisagem: nem a casa do sr. Cauvet nem a do sr. Ambrosino haviam sumido. Vestiu-se: nada a dizer de suas roupas. Nada mais normal do que ter de procurar seu segundo sapato, desaparecido *como de hábito*! Olhou-se mais uma vez no espelho — nunca se sabe! — e não se sentiu mais "diferente" vestido do que completamente nu.

Preparou uma caneca de chocolate: nada a dizer do chocolate. Nem do pão. Nem da geleia. Era isso: deviam ser mesmo pouco mais de sete horas para que seus pais ainda não tivessem se levantado. O barulho que ele fez os despertou. Ouviu-os resmungarem: a situação voltava à normalidade. Terminou o café da manhã impassí-

vel. Levantou-se da mesa quando seus pais chegaram. Arrumou sua pasta: o livro de história penetrou nela tão facilmente como de costume.

Sua mãe esteve a ponto de suspeitar de alguma coisa, porque não precisara repetir-lhe cem vezes para se levantar e se apressar, já que ele estava adiantado, e porque adivinhara perfeitamente, por causa dos cabelos molhados e do cheiro agradável do sabonete, que ele havia *realmente* tomado um banho e não se contentado apenas em lavar-se às pressas. Seus pontos de referência tinham se modificado. Isso a confundiu um pouco. Ela não pôde deixar de perguntar a André se ele estava bem.

— Sim, sim, tudo vai muito bem, tudo muito bem...

Ele era demasiado jovem para que ela pensasse que ele estava apaixonado, mas nada nos diz que, apesar de tudo, ela não tenha pensado um pouco nisso: as mães são assim! Ela se confortou admitindo que era "a idade difícil". Quando os pais não conseguem entender os filhos, eles sempre acham que é "a idade difícil".

Assim começou, numa certa segunda-feira de maio, a "doença" de André.

O mais estranho não foi que o mundo passasse a adquirir um sentido novo, ainda mais atual do que há pouco. O mais estranho era que todos os hábitos passaram a flutuar. André lembrou-se que não era a primeira vez que o mundo o intrigava. Portanto, ele não deveria ficar surpreso por se espantar. Gostava de ficar observando o mar, o céu, os movimentos das aves. Jamais deixava de admirar a explosão dos novos botões. Ficava maravilhado quando as flores brotavam nas árvores, cobrindo-as de cachos rosas ou brancos.

As circunstâncias mais diversas eram capazes de intrigá-lo. As grandes e as pequenas. Ele contava a si próprio a história dos operários que, todo dia, trabalhavam fabricando automóveis, por exemplo, e viam pesadas chapas de aço tomarem a forma de portas, para-lamas, capôs, rodas, chassis. Esteiras mecânicas as conduziam a outros operários ou a robôs que reuniam, pedaço após pedaço, as peças desses quebra-cabeças gigantes. Por muito tempo não se percebe o que se constrói e, de repente, sem saber como aconteceu, o automóvel está pronto. Seu primeiro piloto virá testá-lo, este e todos os outros que esperam em fila. Ele chega, coloca uma capa de plástico para não sujar o assento. É a primeira vez que o tocam. É preciso ter cuidado, caso contrário seu comprador não irá aceitá-lo, ou ficará furioso com o carro antes mesmo de conhecê-lo, por causa das manchas ou dos riscos. Ele começa a rodar com precaução, suavemente, sem que se ouça nenhum ruído, nem mesmo o ranger dos pneus de borracha no chão de cimento, porque de toda a fábrica, atrás dele, eleva-se o fragor das chapas metálicas e da solda dos motores, tão forte que o jovem automóvel, que, de certo modo, acaba de nascer, desliza timidamente, brilhante em sua pintura nova, orgulhoso não sem motivo, até um pátio imenso onde espera que o levem. Tudo isso tem algo de mágico.

E os trens! Não tanto os que correm a toda velocidade sem prestar atenção em ninguém, mas os que param nas estações, que ronronam como gatos monstruosos, que ganham forças antes de se lançarem. *Ronrom-ronrom*, fazem eles. Eles respiram. Eles se impacientam. Um calor estranho os envolve, com um delicioso mau cheiro que recende a óleo e poeira. Isso se percebe melhor no inverno, quando faz frio. Sentimo-nos minúsculos ao lado das locomotivas. Temos medo, e ao mesmo tempo gostamos desse medo porque ele vem de algo que os homens fabricaram, e o que os homens querem não é necessariamente mau. Muito diferente do raio e do tro-

vão, ou dos vulcões, ou dos terremotos que não se importam com nada, que devastam as aldeias zombando dos mortos. De todas as invenções humanas, somente a guerra aterroriza a tal ponto.

Naquela manhã, André não tinha vontade de se ocupar da guerra. Sua “doença” lhe dizia para preferir o mundo familiar, repleto daquilo que os homens comuns podem amar. Ela o impelia adiante, encorajava-o a ir até o extremo de suas curiosidades, acontecesse o que acontecesse. Ele estava seguro, sim, *absolutamente seguro*, de que valeria a pena.

Por ora, em sua cabeça, isso produzia uma pequena desordem. Ele pensava em qualquer coisa, não importa como. Para voltar às locomotivas: por que ele se sentia obrigado a evocar o grande número que elas trazem no flanco, às vezes pintado, outras vezes em relevo? *BB 16540*, *BB 15498* ou *BB 16302*. Não quer dizer nada, ninguém dá importância a isso, e ao mesmo tempo pode ser a indicação mais importante. Basta querer. André pôs-se a pensar que o mesmo poderia acontecer com qualquer outra coisa: uma rachadura na parede, que começa a parecer um lagarto... Ou um tapete. Ou uma nuvem. Ou sua pasta, por exemplo. Lembrou-se do dia em que quis castigá-la por conta da estupidez de um professor. Apertara-a de propósito na porta do automóvel. Via-se ainda uma pequena marca gravada no couro. Há dias, como aquele, em que todos ficam nervosos: o professor, a mãe, o pai, os policiais. Mesmo a televisão perde a cabeça! E ele, André, lembrava-se de repente de tudo isso... Deixava vir as imagens que lhe passavam pela cabeça. Conseguia assim transformar algo insignificante numa aventura memorável. Poderia ter escrito um livro inteiro a partir dessa marca na pasta.

Ele se perguntou: por que as pessoas são em geral tão indiferentes ao que fazem? Por que o operário que dirige pela primeira vez um automóvel recém-fabricado não dá importância a isso? Ele não o olha. Tampouco o acaricia. Será porque faz a mesma coisa mil vezes por dia, todos os dias, durante a vida inteira? Será por uma boa razão? André descobria que as pessoas seriam menos ansiosas se conhecessem a razão das coisas, se tivessem um ponto fixo ao qual se apegarem, para não caírem, para não escorregarem. Sua "doença" lhe sugeria isso. Em todo caso, quis acreditar que era sua doença que lhe sugeria aquilo. Ela adquiria em sua cabeça a importância de uma pessoa viva.

— Se é você que me põe essas ideias na cabeça, não me deixe cair antes do fim...

A doença não respondeu nada, é claro. André insistiu:

— Não me deixará cair, não é mesmo?

— ...

— Não é mesmo?

Ele estremeceu de repente, como se tivesse encostado em um peixe-elétrico. Talvez fosse um sinal. Certamente não era nada. Disse a si mesmo que não devia deixar-se levar tão facilmente a imaginar coisas.

Não obstante, aquilo lhe causava tanto prazer!

Passou-se algum tempo; dez minutos, talvez. Ele parou diante da porta, sem se dar ao trabalho de abri-la, preocupado em saber em que poderia pensar. Sua mãe o interpelou e ele acabou por sair. Na escada, não lembrou sequer se havia dito até logo, nem se recebera as tradicionais recomendações de prudência.

Viu-se na rua.

Sua situação pouco se alterava.

Como dispunha de tempo, brincou de olhar os arredores pela "primeira" vez: o poste de luz, no qual Jean-Baptiste Camus acorrentava cuidadosamente sua motocicleta toda noite, para reencontrá-la com prazer toda manhã. Ele já havia olhado a casa do sr. Cauvet e a do sr. Ambrosino, com sua cerca-viva mais ou menos bem cortada, sua chaminé boba empoleirada no telhado, cada um com a sua. Um pouco mais adiante, a sra. Martin já havia erguido a porta corrediça de sua quitanda. Não tardaria a dispor alguns caixotes de frutas e de legumes que fora buscar no mercado. Ela agiria como se a velha srta. Allibert não fosse vir às oito horas em ponto reclamar-lhe três cenouras — não quatro, *três*! — para dar gosto à sua sopa, e *três* nabos, *três* tomates, *três* batatas. Ao cabo de um instante, ela não deixaria de acrescentar *três* abobrinhas. A sra. Martin perguntaria:

— Que vai querer esta manhã?

Como de hábito, a srta. Allibert hesitaria.

— Não sei. E se, para variar, eu preparasse uma boa sopa de legumes? Excelente ideia! Então me dê três cenouras, três tomates e três batatas...

Nesse momento, a sra. Martin despejaria de propósito cinco ou seis cenouras no prato de ferro branco que servia para pesar as mercadorias.

— Não! Não! exclamaria agitada a srta. Allibert. Quer me mandar para o hospital? Três cenouras bastam para hoje...

E a sra. Martin faria o que fazia todos os dias para agradar a srta. Allibert. As coisas eram assim. Elas jamais mudavam. Depois, seria a vez dos tomates e das batatas. André sorria antecipadamente dessa pequena comédia a que assistira cem vezes. É a rotina.

Ele percebia toda a diferença que existe entre os que não têm mais força para mudar sua vida e os que ainda gostam de ser surpreendidos por ela. Agradeceu a sua "doença" por aguçar-lhe a curiosidade, mas a timidez que sentia no momento de começar o seu dia lhe indicava a que ponto também ele estava forrado de hábitos. Num certo sentido, ele não era muito melhor que a srta. Allibert.

Mais uma vez suplicou à sua "doença" para que não o abandonasse.

Não havia terminado sua "prece" quando avistou Jean-Baptiste Camus, que caminhava em direção a sua motocicleta. André o admirava. Não porque ele era "grande", mas porque trabalhava na Grande Garagem do Globo, GGG, como diziam familiarmente. Ele entendia de mecânica e, nas quartas-feiras à tarde, André ia com frequência vê-lo fazer maravilhas. Havia sempre o momento delicioso em que Jean-Baptiste, depois de ter cuidadosamente limpado as mãos num pedaço de pano, preparava-se para acionar o motor que lhe dera tanto trabalho. Sentava-se ao volante, com o pé direito no acelerador e a perna esquerda para fora, apoiada no chão, para que ninguém pensasse que era seu carro que não funcionava bem. Assumia um ar desligado, para evitar a vergonha: aos vinte anos, ninguém gosta que a mecânica oponha resistências. Às vezes nada acontecia, ou os pistons cuspinhavam lamentavelmente antes de silenciarem numa sacudidela, e ele voltava ao trabalho proferindo palavrões. Na maioria das vezes, felizmente, um ruído selvagem vinha recompensar os seus esforços. Jean-Baptiste afundava o pé no acelerador, repetidas vezes, raivosamente, para mostrar quem — a mecânica ou o mecânico — é que manda. Nesses momentos, André gostava de vê-lo sorrir vitoriosamente. Observava seu rosto triunfante: os longos cabelos encaracolados davam-lhe o aspecto de um santo que acaba de fazer um milagre. "Mecânica é coisa de homem", era o seu lema.

Jean-Baptiste não era como os operários que se habituam ao trabalho e acabam se entediando. Talvez André pudesse partilhar seus espantos com ele.

— Cara doença, faça com que isso seja possível! murmurou.

Mas, infelizmente, não seria hoje. Jean-Baptiste estava com uma cara de dar medo. Nenhum problema mecânico conseguira até então deixá-lo em tal estado! André inquietou-se, ainda mais que, em vez de montar na motocicleta para se dirigir à Grande Garagem do Globo, Jean-Baptiste nervosamente a desacorrentou a fim de levá-la para dentro de casa. Ninguém teria ousado imaginar a possibilidade de uma pane. Uma pane! Nenhum motor resistia a Jean-Baptiste, sobretudo o de sua motocicleta, que ele havia desmontado mil vezes, remontado mil vezes, melhorado mil vezes.

— Graças a mim, essa bicicleta tornou-se uma ver-

dadeira moto, ele gostava de repetir, acariciando-a como a um bom cachorro.

Hoje não era o dia, isso era o mínimo que se podia dizer. Ele a maltratava de cima a baixo. A motocicleta tropeçava. Deixava-se insultar. Ela ia sofrer a raiva de Jean-Baptiste como a pasta escolar tivera de suportar a de André.

— Ai, ai, ai...

No momento em que algo de novo acontecia na vida de André, a única pessoa com quem ele teria podido entender-se não estava em condições de escutar. Ele ouvia Jean-Baptiste praguejar no corredor do prédio, enquanto tentava colocar a motocicleta num cubículo muito apertado para ela. Um depósito de entulhos!

O bater de uma porta indicou que a prova terminara e que a motocicleta fora vencida. Jean-Baptiste logo retornou. Ao reconhecer André, acalmou-se, felizmente, e os dois puseram-se a caminhar.

— Sabe aonde estou indo? Aposto que não adivinha. Estou indo para o quartel. Para o quar-tel! Eu! Eu, no serviço militar! Vou matar todos eles!

— Você não me disse nada...

— Há coisas que não se tem vontade de dizer!

Percebia-se que, toda vez que pensava nisso, a cólera que tentara acalmar voltava a dominá-lo.

— Eu! no serviço militar...

— Você não estará sozinho, sugeriu timidamente André. Vai encontrar companheiros. Além disso, eu irei vê-lo. Será divertido. Há uma grade em volta da área militar. Faremos de conta que você está no zoológico!

Jean-Baptiste não pôde deixar de sorrir. Pegou André pela mão: não se podia dizer quem conduzia quem.

Eles caminhavam em silêncio.

André refletiu que o acaso faz as coisas certas, quando se pensa nisto. No momento em que lhe enviava uma "doença", enviava também uma nova vida a Jean-Baptiste. Eles teriam experiências inéditas a partilhar. Haveria algo mais entre eles do que o cotidiano. Claro que Jean-Baptiste não pedira nada, e não há graça nenhuma em sair marchando com um capacete na cabeça, uma mochila nas costas e um pesado fuzil nos braços. Sem contar os sargentos que gritam o tempo todo: dava para ouvi-los através das grades quando se passava na rua. Jean-Baptiste teria de fazer um esforço.

Mas ele também não pedira nada! Como saber se Jean-Baptiste não ficaria encantado com sua sorte e ele, decepcionado? Os recrutas cantam e riem quando saem do quartel: é uma prova de que sua existência não é tão terrível assim. O serviço militar não é necessariamente a guerra. Pratica-se esporte. Às vezes, inclusive, salta-se de paraquedas.

Mas não era o momento de falar esse tipo de coisa para Jean-Baptiste.

— Irei vê-lo daqui a pouco, disse simplesmente André. Saio da escola ao meio-dia. Se puder, me espere atrás da grade. A cantina e os galpões militares não ficam longe

da rua. Darei um sorriso e você se acalmará, me contará o que se passou.

Jean-Baptiste compreendeu. André sentia que sua "doença" se transportava um pouco para a cabeça de seu amigo.

— Além disso, talvez você se ocupe de jipes e caminhões, já que é mecânico. Trabalhar num caminhão! Deve ser maravilhoso!

Visivelmente, Jean-Baptiste não havia pensado nisso. A ideia fez mais do que agradá-lo: deixou-o encantado. Ele acelerou o passo, reanimado.

— Tem razão. Ficarei livre dos calhambeques podres.

Eles chegavam à entrada do quartel. Alguns rapazes da cidade e da região já estavam ali; outros se aproximavam. Eles reconheciam alguns deles. Um ordenança examinava, zombando, os papéis que cada um lhe entregava. Não havia nada a perguntar. Para Jean-Baptiste e os demais, havia apenas que seguir a tropa.

— Pense que estou indo para a escola, disse André, não é muito diferente...

André ficou algum tempo sozinho e depois partiu correndo. Estava quase atrasado. Não podia deixar de pensar que isso pouco lhe importava.

Distraído por Jean-Baptiste, ele não tivera tempo de observar nada. Não sabia se as ruas também haviam se tornado estranhas.

Tentou prestar atenção.

Apesar do atraso, deteve-se diante da Livraria do Liceu, bem defronte à escola. Habitualmente, ele examinava as revistas em quadrinhos sob o olhar atento da sra. Debenard. Os outros livros não o interessavam muito: eram livros de matemática ou de geografia, ou então apostilas variadas que deviam ajudar os alunos a prestar seus exames. Podia-se ler em grandes letras maiúsculas: *VESTIBULAR SEM DOR*, ou *BÊ-Á-BÁ DO VESTIBULAR*. Todos ou quase todos os compravam para se tranquilizar, mas ninguém os lia até o fim. Eram oferecidos em saldo numa caixa de madeira posta diante da vitrine. André folheou uma ou duas apostilas de matemática e de história e geografia.

Havia outras para francês ou filosofia. É claro que ele sabia muito bem o que se estudava em francês. Em troca, não conhecia a filosofia, que só era estudada no último ano de colégio, e ele ainda não havia chegado lá. Os alunos que tinham uma irmã ou um irmão mais velhos falavam dela gracejando. Diziam que o sr. Calvel, o professor de filosofia, era "genial", o que queria dizer também que era completamente doido. Os mais velhos a discutiam em casa: por isso André estava a par. Parece que durante a aula todos discutem, e que às vezes o vozerio é tão alto que o diretor é obrigado a ir ver o que se passa. Quando percebe que é o prof. Calvel, ele sorri, dizendo:

— Não me surpreende...

O diretor não ousa interferir, primeiro porque ele e o prof. Calvel são amigos de infância, e depois porque as discussões aparentemente fazem parte do curso. Quando ouvia isso, André tinha pressa de compreender. O que é essa "filosofia", para que todos se sintam tão envolvidos? Talvez fosse como no bar, quando as pessoas discutem a respeito de política. Talvez fosse tão séria que a vida dependia das opiniões que se conseguisse desenvolver. Sendo assim, não é espantoso então que todos gritem.

Talvez ela mudasse de propósito nossos hábitos...

Naquela manhã, tal ideia tinha tudo para alegrar André, em sua recusa obstinada de todos os hábitos. Distraidamente, remexeu na caixa dos livros de saldo. Nela havia algumas apostilas de filosofia. Por exemplo:

Todas as questões do vestibular, para todas as áreas — Mais de cem assuntos. Ele virou algumas páginas. Eram apresentados sucessivamente textos e perguntas. Na página 4, havia uma lista de nomes, quase todos desconhecidos: *Aristóteles, Comte (Auguste), Descartes (René), Lucrécio, Platão, Rousseau (Jean-Jacques)*... Alguns com prenomes, outros sem. Na página 6, havia um *Índice de conceitos*. Ele não compreendia bem o que significava esse "índice". Leu a primeira palavra da lista: *Alienação, 256, 317*. Não compreendeu a que se referia. Um pouco mais abaixo, encontrou palavras mais atraentes: *Deus, 311, 318*; *Felicidade, 430 a 432*; *Guerra, 336, 363, 366, 395*.

— Fala-se mais da guerra que da felicidade, ele não pôde deixar de observar.

Continuou, recostado num canto. *Ilusão, 37 a 41, 561*; *Liberdade, 151, 231, 433 a 446, 483, 533 a 544.*

— Agora está melhor.

Passando os olhos depressa, encontrou: *Morte*, *Natureza*, *Paz*, *Política*, *Prazer*, *Revolução*, *Verdade*, *Vontade*...

— Verdade! exclamou, VERDADE! Eis o que me falta.

Leu:

— *"A Verdade pode ser perigosa?"*, *"Pode-se racionalmente duvidar da verdade?"*, *"Somos sempre obrigados a dizer a verdade?"*...

Sentiu que sua "doença" começava a atacar de novo. Ela o impelia a virar ainda algumas páginas, sem lhe dizer exatamente por quê. Ele se pôs a folhear nervosamente a pequena apostila verde, ao acaso:

— *"Outra pessoa pode me ajudar?"*, *"Deve-se ter medo das ilusões?"*, *"Pode-se forçar alguém a ser livre?"*, *"Para filosofar é preciso começar por duvidar de tudo?"*...

Parou de virar as páginas: não queria ficar confuso.

Ao mesmo tempo, sentia que essas questões deveriam interessá-lo, sem compreender, porém, por que a filosofia fala apenas por questões.

— Ela não pode se exprimir como todo mundo?

Eis a questão.

Sorriu ao constatar que também ele acabava de colocar uma questão. Ele descobria progressivamente por que não conseguia mais acreditar na verdade. A verdade é o que se passa quando nos esforçamos por conciliar os pensamentos que temos na cabeça com as coisas nas quais pensamos. No começo, ficamos surpresos de que possa haver alguma coisa em vez de nada e, aos poucos, aprendemos a não mais nos surpreender com isso. É nesse momento que sabemos e que a verdade se apresenta. Pensamos na palavra "automóvel", por exemplo, e sabemos que ela é verdadeira quando vemos uma máquina um pouco grande, meio arredondada, com rodas, um motor, um volante, e inscrições gravadas na traseira ou nos lados: *SUPER GTI*, ou *16V*, ou *1800 GSX*, ou *TURBOTRAÇÃO*. Nem sempre adivinhamos o que isso quer dizer, mas os que sabem, como Jean-Baptiste, sorriem ao olhar alegremente o carro. Eles sonham que o carro lhes pertence. André percebia claramente, quando um desses carros entrava na Grande Garagem do Globo, que seu amigo ficava nervoso, porque tinha uma vontade doida de se ocupar de seu motor. Ele esperava o momento em que poderia admirar apaixonadamente sua mecânica.

— Olha, André, ele exclamava, olha que beleza!

E, ao levantar o capô, já tomava precauções, como se levantasse a saia de uma moça.

Depois trabalhava amorosamente em cada uma das peças, acariciando-as uma por uma, à medida que examinava seu estado.

Ele podia fazer tudo isso sem ficar com cara de idiota, porque possuía a verdade dessa mecânica. Ao passo que ele próprio, André, lidava apenas com palavras vazias, como as que descobria nas revistas especializadas: *virabrequim*, *freio hidráulico*, *defletor*. Mas essas, como a palavra "alienação", lida há pouco na pequena apostila verde e amarela, eram cheias de sentido e de realidade. Ao tocar os órgãos do motor, Jean-Baptiste não distinguia mais as palavras e as coisas. Ele pronunciava a meia-voz o nome das peças enquanto as manejava. Não havia senão prazer, um só prazer. Quando é assim, então, sim, tem-se a verdade.

Mas infelizmente, desde aquela manhã, a verdade parecia tecida com hábitos brutalmente antiquados. O hábito de ir à escola, para ele; de abrir sua quitanda, para a sra. Martin; de comprar três cenouras, para a srta. Allibert.

Mesmo Jean-Baptiste: ele ficara furioso porque estavam mudando seus hábitos. André parecia ser o único a perceber e a ter uma vontade muito grande de não mais respeitar os hábitos, para recuperar o espanto inédito diante de cada coisa. Ele queria voltar a ser ingênuo em relação a tudo. Eis precisamente o que se passara:

ele não via as coisas de outro modo porque elas houvessem realmente mudado, mas porque não podia deixar de achá-las diferentes.

— Eu é que mudei!

Ele achou que era uma coisa boa, já que lhe dava prazer, ao passo que todos os outros ficavam irritados com isso.

— E o prof. Calvel? Será que tem o *hábito* de discutir com seus alunos? O que se passa quando isso não acontece? Gostaria de ver sua cara se ele descobrisse que todos o escutam ajuizadamente, respondendo "sim", "sim", a tudo o que ele diz!

André não se mexia mais. Não tinha ouvido a campainha da escola soar. Quando se deu conta, correu o mais depressa que pôde e chegou esbaforido em seu lugar. Enfim: ao lugar que tinha o *hábito* de ocupar. Como todos os outros alunos já estavam presentes, ele não teve tempo de sentar-se noutro lugar. Falhou em sua primeira mudança de hábito.

— Começou bem! ele murmurou ironicamente.

A primeira hora não se passou tão mal. A professora de francês não o aborreceu. Entretanto, ela não gostava muito dele. Compreendia de um jeito enviesado quase tudo o que ele fazia. Quanto às recitações e à gramática, não havia muito problema: bastava recitar. Quanto às redações, era uma outra questão. Ele jamais alcançava a média. Mas esse não era o drama, já que não o censuravam muito em casa quando trazia notas baixas. Achavam simplesmente que ele não era bom em redação. Seus pais preferiam que tivesse facilidade em matemática, onde há mais verdades incontestáveis e menos fantasia. O que André não admitia é que a sra. Rougier escrevesse em letras graúdas na margem: *"inadmissível"*, ou: *"não é o que pedi"*, quando ele tivera a maior dificuldade para desenvolver bem o assunto. Às vezes tinha mesmo vontade de chorar, quando expressara ideias que eram muito fortes em sua cabeça e percebia o quanto a professora não as havia considerado. O pior é que ela nem sequer prestava atenção em suas frases. Ela devia seguir as palavras, distraidamente, como se fossem formigas, sem imaginar toda a convicção que as tornava vivas. Ela não imaginava que as palavras pudessem ser *verdadeiras*. André dava-se conta disso quando seus pais sublinhavam os erros de ortografia que a sra. Rougier não havia assinalado.

Ela devia estar tão convencida de sua nulidade que pouco se ocupava dele. Preferia dar sorrisos tolos a Chantal, porque seu pai prometera levar a classe ao Palácio da Justiça. André nada tinha a prometer, exceto as ideias que trazia na cabeça. A sra. Rougier não sabia o mal que isso causa, quando escrevemos as coisas em que mais pensamos, as oferecemos completamente nuas, e descobrimos que não fomos lidos. Por isso André não queria por nada no mundo ser escritor, por causa do silêncio estúpido dos que acreditam não ter esperança nenhuma a partilhar com os escritores.

Felizmente, como a sra. Rougier não se interessava por ele, ele podia não se interessar por ela. Naquela manhã, ele pensava em sua "doença", e em Jean-Baptiste, perdido no pátio do quartel, e que talvez estivesse triste também, desgostoso com a ideia de passar um ano inteiro à margem da vida. Ele não escutava o que a professora dizia a propósito de um poema de Victor Hugo, que ele se contentara em aprender de cor, caso ela viesse interrogá-lo. Verificou se podia recitá-lo. Podia:

É junho. O pardal nos campos
ri dos enamorados;
o rouxinol das escarpas
*canta em seu ninho de pedra.**

Que um poema pudesse ser tão estupidamente recitado, cortado em fatias, como um presunto, era algo que o deixava desolado. A vida não devia ser tediosa como a poesia, quando esta cai nas mãos de pessoas como a sra. Rougier. Ela tinha o talento de tornar tudo sem graça.

— Agora chega. CHEGA!

André decidiu não deixar passar nada. Talvez o punissem, o obrigassem a vir à escola fora do horário de aula; tanto faz, já que, afinal, quarta-feira à tarde, não teria mais motivo para ir à Grande Garagem do Globo.

— Pelo menos, vai ser divertido ver se é mesmo perigoso questionar a verdade...

* Versos originais de Victor Hugo (1802-1885): *Voici juin. Le moineau raille/ Dans les champs les amoureux;/ Le rossignol de muraille/ Chante dans son nid pierreux.* (N. do T.)

A campainha soou, indicando o fim da aula de francês. Era a vez do professor de história.

Esse era simpático. Mais que isso, inclusive. Percebia-se que gostava dos alunos e que adorava contar-lhes histórias. Era o sr. Michelet.

A primeira coisa que fazia ao chegar era sentar-se na ponta da mesa após ter instalado cuidadosamente sua cadeira ao lado, sempre no mesmo lugar. Apoiava sobre ela um pé, como se fosse tocar violão. Esse era um de seus hábitos.

A segunda coisa que ele fazia era a chamada. Mas, em vez de chamar os alunos por seu sobrenome, como os outros professores, chamava-os por seu prenome. Isso resultava numa ordem alfabética curiosa!

— François, Norbert, Philippe, Émilie, Antoine, Chantal, Guillaume, Clémentine, Jean-Robert...

A cada vez, respondiam:

— Presente!

— Presente!

— Presente!

— Presente!

— Presente!

A cada vez, o sr. Michelet inscrevia uma pequena marca em seu caderno.

— Sophie...

— Presente!

— André...

Em "André", não houve resposta. O sr. Michelet, que não era cego, repetiu:

— André!

Nenhuma resposta.

— Então, André, está dormindo?

Teve por única reação um sorriso. Aproximou-se, mais intrigado do que irritado. Convém dizer que ele raramente perdia a calma. Sabia tanto das coisas que sempre tinha uma resposta pronta ou uma anedota divertida para contar. Desta vez, no entanto, via-se claramente que não previra nada. Procurava saber que atitude tomar. Olhou André bem nos olhos.

— Não quer me responder?

— Sim, senhor, por que não? foi o que ele respondeu, delicadamente e quase sem ironia.

— Então, por que não reage quando lhe chamo?

— É que não me chamo "André"...

Os alunos começaram a rir, sem saber muito bem o que se passava. Viam-se os olhos do sr. Michelet se arregalarem por trás dos óculos. Ele inclusive corou um pouco.

— Está brincando comigo?

— Não, senhor. Simplesmente, não me chamo assim.

— Como se chama, então?

— René Descartes!

— René Desc...?

Era o primeiro nome que passara pela cabeça de "André". Ele o lera há pouco na apostila de filosofia. O professor esteve a ponto de engasgar. Além disso, "André" escolhera um nome de filósofo, porque sabia que o sr. Michelet era muito amigo do sr. Calvel. Os dois eram vistos juntos com frequência, um debochando dos filósofos e o outro dos historiadores, quando iam almoçar, por exemplo. O sr. Michelet não percebeu a alusão: podemos desculpá-lo. Repetiu mecanicamente:

— René... René Descartes? Não está bem da cabeça? E por que não Jean-Jacques Rousseau?

— Porque me chamo René Descartes, evidentemente, e não tenho motivo nenhum para tomar o nome de outra pessoa.

Na classe, era uma gargalhada geral.

— Você sabe perfeitamente que isso não é verdade!

— Quem pode saber o que é verdade e o que não é?

— Ainda ontem não se chamava André?

— Se eu disse isso, estava enganado, é tudo. Há uma porção de coisas que outrora sabíamos e que eram falsas. Um dia precisamos mudar as ideias. Quando eu era pequeno, acreditava no Papai Noel, exatamente como pude acreditar que me chamava André, ou qualquer outro nome; e agora sei perfeitamente que Papai Noel não existe. Como saber qual das duas afirmações é verdadeira?

"André" estava gostando da brincadeira. Não sabia por que se sentia inatacável. Basta jurar alguma coisa e convencer-se de que é verdade para que seja verdade. Se não, como mudaríamos de opinião?

— Eu acredito no que o senhor fala nas aulas...

— Espero que sim! Pois é verdade...

— Como saber?

— Porque é verdade!

— Quem lhe disse isso?

— Está nos livros. Há documentos que provam a exatidão dos acontecimentos. De que lhe serve discutir esse fato?

Foi até sua pasta pegar livros. Ele virava as páginas, sem poder escolher em qual delas deter-se. Certamente percebia as gravuras coloridas que não tinham um aspecto muito fidedigno, já que eram antigas. "André" notou isso.

— O senhor está vendo. Seu livro não é mais verdadeiro que as fábulas de La Fontaine ou as aventuras de *Alice no país das maravilhas*.

— O que está escrito foi demonstrado. Provado.

Abriu o manual na primeira página. O nome dos autores aparecia em letras graúdas. Eram dezesseis que haviam se reunido para redigi-lo. Dezesseis! O sr. Michelet leu alguns nomes:

— Jean-Michel Lamblin, Jean-Luc Carton, Jean-Luc

Vilette, Rudy Damiani, Jacques Martin, Pierre Desplanques...

Ele fazia a chamada dos professores, após ter feito a dos alunos. Agora insistia sobre seus diplomas:

— Doutor em história, catedrático de história e geografia, mestre de conferências na Universidade Lille-III...

Os alunos não compreendiam o que "doutor" ou "catedrático" significavam, o que tinha por efeito semear a dúvida mais do que qualquer outra coisa. Estavam quase reconhecendo que "André" tinha razão. Ninguém se torna mais inteligente como por encanto no dia em que ganha um diploma. A pessoa era inteligente antes ou não era. Ganhar um diploma é como ganhar um presente: sentimos tanto mais prazer quando não o merecemos. Ninguém bancaria o espertinho se não tivesse uma imensa necessidade de se afirmar; se estivesse realmente seguro de seu valor. Os professores são geralmente como os pais: procuram fazer seus filhos acreditarem que eles sabem tudo, mas logo percebemos que não é verdade. São como todo o mundo. Antes de mais nada, são ex-crianças!

— É porque o senhor é interessante que temos vontade de acreditar no que diz, não porque é doutor, disse André.

— Mesmo assim... começou o sr. Michelet.

— Não há nenhum mesmo assim, replicou André, é

do senhor que nós gostamos, e bastaria talvez que o substituíssem para que a história se tornasse insuportavelmente tediosa.

O sr. Michelet sabia muito bem que isso era verdade, mas não podia confessá-lo. Era prisioneiro das exigências de seu ofício.

Antoine murmurou:

— Continue, René!

Ele havia compreendido. "André" acrescentou:

— Repetimos as coisas que temos o hábito de dizer, só isso. Se mudarmos nossos hábitos, o mundo muda.

Os rostos se iluminavam. Primeiro, porque não estavam trabalhando, e todos gostam disso; depois, porque o comportamento fingido de "André" dava a entender que aprendemos muita coisa na escola simplesmente porque os professores nos dizem. E os professores, eles, aprendem de outros professores, aqueles cujo nome e títulos aparecem na primeira página dos livros, sem contar todos os que escreveram livros que não se conhecem. Basta que o primeiro tenha sido um farsante para que todos os outros lhe sigam as pegadas.

Na página 44, por exemplo, há uma imagem do diabo. É uma piada, não? E Joana d'Arc, que diz, na página 100, que ouviu a voz dos santos: como ter certeza? E mais: por que o livro apresenta histórias em quadrinhos para explicar como viviam os homens na Idade Média?

JOANA
JOANA
E
PRECISO
DER
ROTAR
OS
INGLESES
DIABOLIS
DIABOLUM
AVE
MARIA
AVE
AVE
AVE

Quando trazemos um gibi para a escola, a sra. Rougier exige que lhe entreguemos, porque isso não se faz, diz ela, e é uma enganação. Na verdade, ela é que não compreende nada.

E, mesmo se estivermos seguros de que o diabo existe ou de que Joana d'Arc ouviu o arcanjo Miguel, não muda nada quanto à verdade. Jurar "preto", quando outros juram "branco" ou "vermelho", não é nem a sombra de uma prova.

Embora não tenha dito nada, o sr. Michelet deve ter pensado algo parecido. Ele se viu pego na armadilha, porque várias vezes havia explicado que as lendas são fantasias nas quais não se deve acreditar. Desamparado, não sabia mais como demonstrar que suas histórias não eram lendas. Certamente não era capaz disso. Sua autoridade vacilava.

"André" sorria. O mais difícil de suportar era esse sorriso gentil que impunha a todos que o observavam o questionamento de suas mais sólidas certezas.

— Isso é uma doença! exclamou o sr. Michelet.

Ele não sabia o quanto tinha razão.

Era preciso achar uma saída. Como sempre, nesses casos, a força é que tem a última palavra.

— Vá para casa! Deixe-me em paz! À tarde se explicará com o diretor. Trate de estar lá às duas horas. Enquanto isso, fora, espécie de René Descartes!

Toda a classe se agitou:

— Que sorte a dele!

— Professor, eu me chamo Carlos Magno...

— E eu, Júlio César...

— E eu, Victor Hugo...

— E eu, e eu, e eu...

— FORA!

Rapidamente, André viu-se na rua, sem reclamar. Deu um jeito de não passar diante da sala do supervisor: não era o momento! Logo veria como é que ele levava a coisa.

Eram pouco mais de dez horas e André estava atordoado com o que acabara de acontecer.

— Pode-se mudar o mundo!

Era quase bom demais. O sr. Michelet, por certo, era bastante inteligente por não ter feito um drama de sua impertinência. Ele havia jogado o jogo durante um certo tempo. Foi quando percebeu que a história podia ser vista como um tecido de lendas que se viu embaraçado, como se a história fosse sua vida e esta se esvaziasse completamente se ele não acreditasse mais que a história proclama verdades. Os próprios alunos tinham necessidade de acreditar. Gostavam tanto de escutar suas aulas que não podiam ser tentados a não acreditar. Aliás, André mesmo sempre acreditara nele, e não quisera mostrar-se insolente, nem mesmo maldoso ou algo parecido. Só que sua própria discussão o arrebatara. Tanto para ele como para o sr. Michelet, a existência inteira passara a flutuar assim que ele começara a suspeitar da ideia mesma da verdade. É como uma besteira que não podemos deixar de fazer.

Um gênio maligno divertia-se à nossa custa, fazendo-nos dizer o que não queríamos. Afirmava-se, por exemplo, que dois e dois são quatro, e o gênio maligno, à socapa, fazia com que "dois e dois são quatro" não existisse. Fazia-o realmente, de tal maneira que "dois e dois são quatro" jamais teria existido e saberíamos apenas que "dois e dois são cinco" é a verdade verdadeira. Não o perceberíamos. Nomearíamos uma coisa e, na realidade, uma outra é que existiria. "Cadeira" não quereria dizer *cadeira*, "casa" não quereria dizer *casa*, nem "carro", *carro* etc.

Sem percebermos, jamais saberíamos o que dizemos em realidade. Talvez sempre que o chamaram "André", deveriam tê-lo chamado "René", e o gênio maligno conseguira tornar isso possível até hoje. O mesmo em relação a tudo.

— É de enlouquecer quando se pensa nisso...

Viveríamos por trás de um véu, que ora seria erguido, ora abaixado, sem que soubéssemos jamais se está erguido ou abaixado. Viveríamos como um personagem de história em quadrinhos cujo cenário muda sem parar. A cada vez haveria uma espécie de mundo, mas jamais

duas vezes o mesmo. O que é que compreenderíamos, neste caso? Não haveria mais diferença entre o sonho e a realidade, e seria até melhor se a vida fosse um sonho. Não teríamos *necessidade* da verdade; só iríamos buscá-la se sentíssemos desejo por ela, por prazer, somente por prazer, e não porque fosse obrigatório.

Era essa a doença de André, essa vontade louca de que os pensamentos mais importantes não fossem impostos mecanicamente; que houvesse sempre uma parte de sobra para a fantasia. Que pudéssemos falar da verdade com um sorriso, para mostrar claramente que não somos bobos, e que falamos dela porque queremos bem a ela. Porque gostamos dela como uma amiga com quem adoramos brincar.

Todo o problema, evidentemente, consistia em conhecer as regras do jogo.

— Aqui, agora, o véu está abaixado ou erguido?

Sem querer, ele forçara o sr. Michelet a pôr o nariz nessa dificuldade. O sr. Michelet dera-se conta disso e não insistira. A prova de que se dera conta é que não se zangara. Na mesma situação, a sra. Rougier teria ficado verde de raiva. Ela já não compreendia nada normalmente; se lhe arruinassem sua rotina, então...

André pensou em Jean-Baptiste, cuja existência também se transformava.

— É o dia das mudanças.

Sentiu-se desamparado. Também ele, num certo sentido, fora pego numa armadilha. Havia previsto passar a manhã na escola e achava-se livre para ir aonde quisesse. Voltar para casa de nada serviria, já que não haveria ninguém. Além disso, seu retorno inesperado causaria um aborrecimento.

— Aonde ir?

Ele confundira o sr. Michelet ao trocar seu nome pelo de René Descartes; o professor dera-lhe o troco desarranjando alguns de seus pequenos hábitos. André não pôde deixar de sorrir; lá onde havia antes um belo mundinho bem-arrumado, limpo, com os caminhos bem traçados, havia agora um quebra-cabeças desordenado com o qual não sabia o que fazer.

— Maldita "doença", você me pegou!

Ele se viu, de mãos nos bolsos, diante da Livraria do Liceu. Ela estava sempre ali, indiferente à sua sorte. Os livros na vitrine e na caixa de madeira não tinham vontade de lhe falar, nem os de filosofia nem os outros. Sabiam que ele não acreditaria mais neles, e fechavam suas capas como as ostras fecham suas conchas. Há dias em que os livros não têm vontade de falar. Não vale a pena insistir. Aliás, André fora o primeiro, naquela manhã, a desdenhá-los.

Sentiu-se perdido. Não a ponto de começar a chorar, mas quase. Lembrou-se de um dia em que caíra na água. Não conseguia pôr os pés no fundo, nem nadar na superfície, de tanto que ficara sem fôlego. Tinha agitado os braços e as pernas para não se afogar. Mas tudo que conseguira fora quase sufocar, de tanto que se cansara inutilmente. Pensou mesmo que ia morrer. Agora era um pouco parecido, mas só que dentro de seus pensamentos. Fora ultrapassado pelas forças que desencadeara. Gostaria de andar ao longo da praia para sentir o vento no rosto. Mas a cidade, infelizmente, ficava longe do mar; não tinha dinheiro suficiente para pegar um ônibus, nem coragem suficiente para embarcar clandestinamente. Temia que o motorista o notasse no momento em que se esgueirasse pela porta traseira e que o levasse à polícia. Nem todo o mundo tem a moderação do sr. Michelet. Há pessoas que são inclusive piores que a sra. Rougier quando se trata de não compreender o que lhes dizem.

Na falta de algo melhor, saiu andando ao acaso. Às cegas. Por mais que conhecesse de cor o caminho que conduzia à escola, descobriu que seria completamente incapaz de se orientar nas ruas sem se apoiar nos referenciais que o hábito lhe dera. Não sabia realmente como fazia para dirigir-se à escola. Sabia sem saber. Andou algum tempo de olhos fechados, mas tropeçou quase em seguida na guia da calçada, por pouco não caindo de barriga no chão. Para evitar um acidente que teria sido muito estúpido no momento em que a vida se tornava interessante, decidiu servir-se ainda de seus olhos.

Como de hábito!

A cidade inteira lhe parecia nova e mais bela. Mesmo as velhas casas, mesmo os muros deteriorados e cobertos de cartazes sujos em cores desbotadas.

Levado pelo hábito — ele mais uma vez! —, andava espontaneamente em direção à sua rua, quando passou nas imediações do quartel. Jean-Baptiste! Poderia espiá-lo, se acaso estivesse no pátio. Talvez já estivesse marchando.

Aproximou-se às escondidas.

— Como as pessoas se comportam quando acreditam que ninguém as observa?

Os hábitos: de fato, é geralmente para os outros que os contraímos e os conservamos. Eles formam uma espécie de armadura, como a polidez. Não temos necessidade de estar de acordo; contentamo-nos com o mínimo necessário para suportar viver em sociedade. Sabemos que os hábitos funcionam, e isso basta.

André olhou para as construções que ficavam junto à rua. Dois galpões paralelos dispunham-se frente a frente, com seu telhado de chapas metálicas e suas janelas idiotas. Cada um com duas portas, uma para a entrada e outra para a saída. Setas indicavam o caminho. Os novos recrutas estavam ali. Eram cerca de cinquenta. Em que estado! André logo lamentou sua indiscrição.

No primeiro galpão, eles entravam como no cinema, tão normais como alguém que anda na rua, mas saíam dali enfarpelados num uniforme mais cinzento que azul, mal ajustado, às vezes um pouco grande, às vezes muito apertado. Os tênis novos que calçavam pareciam curiosos pés de pato. Numa ponta do galpão, cada um era diferente de seu vizinho; na outra, todos haviam ficado iguais. Os trajes civis eram guardados em sacos antes de serem postos nas prateleiras de armários metálicos e trocados por diversos apetrechos com os quais ninguém sabia ainda o que fazer. Esperar. Restava apenas esperar que um chefe desse ordens. Restava apenas obedecer. Via-se que os rapazes sofriam por não serem mais eles mesmos. É nossa diferença que nos dá o sentimento de ser quem somos. Ali, não era ainda a farda, era quase pior: um uniforme ordinário, desbotado, que

ninguém ousaria vestir sem ser *verdadeiramente* obrigado. Todos esperavam, com os apetrechos de soldado colocados à sua frente, ou sentados, ou de pé com os braços balançando por não saberem onde colocá-los, sem se perguntarem o que ia acontecer, meio galhofeiros, meio aborrecidos.

O que ia acontecer, eles veriam em seguida, no segundo galpão. Em menos de dois minutos, uma máquina de cortar o cabelo raspava-lhes a cabeça, a todos, sem exceção, sem piedade nem hesitação. A vergonha total, aos vinte anos, de ver-se feio, transformado em prisioneiro, quando se tem tanta vontade de ficar bonito para agradar as meninas. Pela janela aberta, podia-se ver a cena. Cada um se sentava. Jogavam-lhe um pano ao re-

O CAVALHEIRO DESEJA O QUÊ?
UMA ROUPA DE DOMINGO?

OLHA SÓ!

PENSE NAS GAROTAS, MEU VELHO, ELAS VÃO GOSTAR DISSO!

?
ATENÇÃO, RECRUTAS! A VISITA NÃO ACABOU... AINDA FALTA O MAIS DIVERTIDO...
RÁPIDO!

NÃO SE ASSUSTE, RAPAZ, VAMOS FAZER UM PENTEADO MODERNO...
BZZZZZZZZZZZZZZZZZZZZ
VOCÊ VAI ME AGRADECER...
VOCÊ VAI VER, SERÁ MUITO REFRESCANTE...
AS MOÇAS ADORAM...
BZZZZZZZZZZZZZZZ
ALÉM DISSO É MAIS HIGIÊNICO...
ZZZZZZZSZ
BZZZZZZZZZZZ
BEM CURTO ACIMA DA ORELHA?
TEM RAZÃO...
...VAMOS LÁ!
ZZZZZZ
MAIS UM POUCO? PRONTO!
BZZZ
NÃO CHORE. VOCÊ É HOMEM!
ÔPA! RA-PA-DO!
ADORO O TRABALHO BEM FEITO...
ESTE ESTÁ PRONTO! ...O PRÓXIMO!

dor dos ombros. Uma mão baixava a cabeça a fim de expor abertamente o pescoço. E então os cabelos caíam, por toda parte, onde quer que fosse, tristemente. E a barba, para os que tinham barba. Uma navalhada. Outra. Outra. E pronto! O seguinte! André via os pobres recrutas que tinham apenas o tempo de passar a mão no crânio para perceber que aquilo não era um sonho, que eram realmente eles, só que já não se reconheciam mais.

Aquilo era bem mais penoso do que mudar de vida; era mudar de pessoa. Porque ele, André, quando havia declarado ao sr. Michelet que se chamava "René Descartes", tinha ainda sua cabeça de sempre e seus hábitos de todos os dias. Ainda era "ele", num certo sentido. E era exatamente isso o que tanto espantara o professor: que

ele ousasse dizer que era "um outro" quando toda a sua aparência permanecia a mesma. Mas, aqui, não se podia dizer que restava grande coisa. Os militares pareciam querer que os rapazes esquecessem o máximo possível quem eles eram, como se fosse preciso que eles se tornassem *qualquer um*...

Era preciso que todos esses jovens, um dos quais se chamava "Jean-Baptiste", o outro "François", o terceiro "Benoît", ou "Marc", ou "Gilles", ou "René", se tornassem "o exército". Pois é "o exército" que faz a guerra, não "René" nem "François".

Como era o primeiro dia, eles não conseguiam tornar-se qualquer um sem dificuldade. Ainda eram demasiadamente eles mesmos para não sofrerem com tamanha transformação. O cuidado com a aparência significava para eles a existência: davam-lhe a maior importância, porque não estavam realmente seguros de serem *alguém*. Eis por que seu orgulho sofria tanto, sobretudo quando um sargento os chamava "meus queridos" ou "meus coelhinhos", ou quando o barbeiro fazia troça ao raspar uma cabeleira que lhes era às vezes tão preciosa. Este os espezinhava ainda mais quando percebia que os pobres rapazes, ali entregues de corpo e alma, estavam a ponto de chorar. Então não se lembrava de que a mesma coisa já lhe acontecera?

Transformados em recrutas, os rapazes deviam pensar que as meninas zombariam deles na primeira vez que os vissem daquele jeito. No momento em que os abraçassem, contentes de revê-los após longas semanas de ausência, elas não poderiam deixar de passar a mão na cabeça deles para experimentar essa sensação, e eles sentiriam de novo que tinham a cabeça raspada, sofrendo mais uma vez o que sofriam neste momento. Eles fariam um esforço para esquecer. Em vão. Logo estariam marchando, batendo continência, não saberiam realmente quem eles eram, pelo menos de tempos em tempos. Se não quisessem aborrecimentos, teriam interesse em passar despercebidos. Ser qualquer um é ser ninguém. Com roupas idênticas e cabeças raspadas, viam sua força pessoal desaparecer ou, pelo menos, afundar. É como se os cabelos fossem a alma. Seus rostos ficavam completamente nus.

Não cremos falar com tanta precisão quando falamos da verdade nua e crua!

Havia uma crueldade suplementar no fato de os galpões terem sido instalados tão perto da rua, de modo que todos os civis podiam ser testemunhas de sua humilhação: as senhoras que voltavam das compras, os colegas que ainda não haviam passado por isso, ou os que já haviam passado e que então evocavam os bons tempos, mas que se lembravam da vergonha que também haviam sentido quando fora sua vez.

Será que esse dia horrível não terminaria nunca? Os infelizes acreditavam que suas provações seriam eternas, que nunca voltariam a ser normais como antes. Primeiro o uniforme desbotado, em seguida a máquina zero: o que virá depois? Até que ponto se pode pôr em questão uma existência?

André compreendeu que se pode ir muito longe quando se discute a verdade. Às vezes até à loucura. No seu caso, ele se divertia. Outros não se divertiam de modo algum. Não surpreende que depois do serviço militar os homens façam tantos esforços para apagar o que lhes aconteceu. Não os bons momentos, que existem, e dos quais se ri depois que tudo acabou. É verdade que com o tempo nos habituamos ao uniforme. Não os momentos cômicos ou ridículos, portanto, mas o sentimento terrível que experimentamos quando cremos sinceramente que não existimos mais.

André arrependeu-se de ter sido apenas impertinente com o sr. Michelet. Ele se safava sem muito custo.

Eis que chegara a vez de Jean-Baptiste, seu amigo.

Ele saiu do primeiro galpão, com seu novo traje. Talvez por simpatia, André achou que seu uniforme era menos ridículo que o de seus companheiros.

— Ele teve uma pequena sorte em sua infelicidade.

— O próximo!

O próximo para o corte de cabelo.

Jean-Baptiste o vira atrás das grades. Ele seria tosquiado sob o olhar de um amigo. Os outros, ao menos, podiam agir como se lhes fosse indiferente.

Quando terminou, e todos zombaram dele como zombavam a cada vez que um rapaz saía do galpão, maneira de partilhar um sofrimento comum, Jean-Baptiste aproximou-se de André, que não soube o que dizer para ser perdoado por estar ali.

— Fui mandado pra fora da escola porque zombei do professor de história.

— Quanto a mim, eles me pegaram, disse rindo Jean-Baptiste, ao mesmo tempo em que esfregava o crânio com um ar contrafeito. E não me pouparam o castigo!

— Vai passar, disse André.

— A máquina de cortar cabelo faz um barulho terrível, que atravessa as têmporas. Devo estar parecendo um palhaço. E isso é só o começo.

Jean-Baptiste mal conseguia ficar zangado. André censurava-se por embaraçar alguém que ele admirava.

— É engraçado, disse André, desde esta manhã sinto que toda a vida é estranha. É como se eu não conseguisse mais acreditar na verdade, como se, com todas as minhas forças, eu quisesse que as coisas fossem diferentes do que são normalmente. Não sei como explicar: a vida, tudo o que se faz e tudo o que se diz. É uma doença que me pegou. E agora isso acontece também a você, exceto que não fez nada para querer ser o palhaço.

— Vai passar, disse Jean-Baptiste. É uma experiência. De todo modo, não posso fazer outra coisa.

— O que penso desde esta manhã é que se pode mudar mesmo aquilo que não se pode mudar. Se desejarmos com todas as nossas forças. Não sei como dizer... Estou confuso.

Calou-se por um instante, e prosseguiu:

— Sabe, eu disse ao professor que tinha um outro nome, não o meu. Disse que me chamava "René Descartes". É claro que ele não acreditou. Mas quase o forcei a acreditar em mim. Foi por isso que ele me mandou pra fora. E você, por que não se forçar a ser Jean-Baptiste, mesmo que ninguém o reconheça? Isso acontece, pessoas que mudam de personalidade propositalmente, para se divertir, para ver a cara espantada dos outros quando pensam que elas são idiotas por agirem assim. Eu, se quiser, posso mudar minha aparência, de imediato, se for divertido... É na cabeça que a coisa se passa, a vontade de sermos nós mesmos. Isso não depende de ninguém, se quisermos.

— Se quisermos!

Jean-Baptiste sorriu. Surpreendia-se de que um garoto lhe dirigisse frases como essas. Olhou André. Via-o na rua, do outro lado da grade, ao passo que se via, a si mesmo, encerrado no quartel. Desviando o olhar, observou que quase todos, naquele momento, haviam saído do segundo galpão. Uma espécie de bom humor se produzia depois da catástrofe. Quando não estamos completamente sós, as misérias são mais aceitáveis. Podemos compartilhá-las. Cada um juntaria agora os seus apetrechos e a jornada continuaria: o dormitório, alguns discursos, talvez, e depois tudo o que ainda se ignorava.

— Se as coisas se passam na cabeça, não há diferença fundamental entre os dois lados da grade. Somos tão livres de um lado quanto do outro, disse André.

— Não exagere, por favor, replicou Jean-Baptiste afastando-se, pois a tropa punha-se em marcha.

André não o convencera. Sua vida no quartel era demasiado recente. Ela partia em pedaços muitos hábitos muito depressa, muito brutalmente. Temos de nos familiarizar um pouco para ficarmos tranquilos, muito embora, se nos habituamos de novo, recaímos na vida ordinária, e nada muda; apenas recaímos de outro modo.

André estava desgostoso de que sua doença não lhe desse a força para influenciar as pessoas. Se Jean-Baptiste não o entendia, como seria com o sr. Michelet? E o diretor da escola? Ele não fazia a menor ideia do que aconteceria à tarde, quando tivesse de justificar as histórias da manhã.

Mais uma vez, viu-se sozinho na calçada. Um militar acabava de fechar as portas do primeiro galpão. O barbeiro varria os montes de cabelos sacrificados. Nem um nem outro dava a menor importância ao que haviam feito. André notou que o responsável pelos uniformes escolhera para si um novo e perfeitamente ajustado, e que o barbeiro não tinha os cabelos muito curtos. Eles se aproveitavam da situação. Eram espertos. André compreendia que a vida é injusta, e que com frequência basta ser mais forte para obter o que se quer. Isso quer dizer que devemos dar um jeito de nunca sermos o mais fraco? Os pobres recrutas estavam do lado dos fracos: eis por que abusavam deles. Tornavam-nos ainda mais fracos.

E ele, André, de que lado estava? Ao escolher duvidar da verdade, procurava colocar-se do lado dos fortes, já que tomava a iniciativa de virar tudo pelo avesso. Ele decidira que nada do que lhe haviam ensinado era verdadeiro, e ninguém podia impedi-lo de pensar assim.

Mas, se escolhera testar sua liberdade com o sr. Michelet e não com a sra. Rougier, era porque sabia perfeitamente qual dos dois seria o menos obstinado. Fora expulso, é verdade, mas sem demasiado rigor nem punição. Não estava, portanto, realmente do lado dos fracos. Era teimoso, mas não padecia o mesmo que Jean-Baptiste, por exemplo. Não lhe haviam feito nada que ele não tivesse mais ou menos pedido.

O que aconteceria, agora, se se pusesse expressamente do lado dos fracos? Se, de repente, não tivesse outra coisa a fazer senão suportar calado a força dos

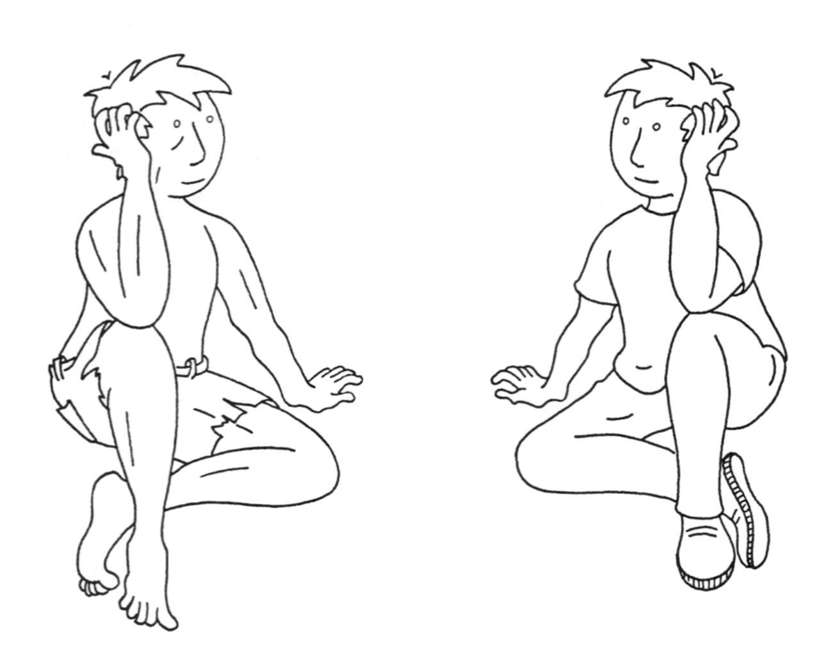

fortes? Talvez não pudesse mais simplesmente viver, rechaçado pelos professores, pelos pais, pelas pessoas na rua, como as crianças de Calcutá que uma vez tinha visto na televisão, que não têm sequer a coragem de mendigar e ficam deitadas na calçada como coisas; a situação delas era pior que a dos animais.

Entretanto, quando as olhava, achava-as muito parecidas com ele — sujas e esfarrapadas, mas com o mesmo olhar. Com a mesma juventude.

André não sabia se podia ir tão longe. No fundo, queria muito ser livre, mas não queria ser infeliz. Não queria que a verdade fosse substituída pela infelicidade, por uma infelicidade da qual não pudesse mais sair.

As questões que neste momento lhe passavam pela cabeça tornavam-se grandes demais para ele. Exigentes demais. Elas começavam a ocupar muito espaço. O que havia começado como um jogo, agora fugia ao seu controle.

Não havia ninguém para ajudá-lo. Desejava ardentemente que o ajudassem, mas também recusava ardentemente que decidissem por ele. As pessoas não param de dar conselhos às crianças, faça isso, faça aquilo, não faça isso, não faça aquilo, a ponto de as crianças se cansarem dos conselhos que lhes dão. Por trás dos conselhos, há sempre uma verdade escondida, sorrateira em vez de franca, um pouco dissimulada...

O que ele desejava era alguém com quem discutir, alguém que fizesse o esforço de compreendê-lo. Um amigo, poxa! Mas os amigos da sua idade não davam a mínima para a verdade e a vida. Só pensavam em jogar futebol e em brigar. Davam um jeito de estar sempre do lado dos fortes. Quanto aos pais, eles são pais: não percebem o que se passa na cabeça e no coração dos filhos. Agitam-se por nada: basta uma pequena mudança para que pensem que estamos doentes. Imagine então se mudamos completamente!

Que fuzuê não fariam se ele voltasse para casa ao meio-dia com a cabeça raspada como os militares, ou até mais, se fosse possível? Não o reconheceriam. Como não teriam a ideia de perguntar "quem é você?" ao próprio filho, exclamariam: "o que é que você fez?". Então não viam? Nenhuma resposta os tranquilizaria, especialmente a mais sincera, por exemplo esta:

— Estava farto de me tomarem por André; quis ter meu verdadeiro rosto, o de René Descartes!

Eles não poderiam imaginar nem por um segundo que alguém pudesse querer uma outra vida, uma vida em que se deseja sentir no próprio corpo o que Jean-Baptiste experimentou, em que se pode transformar livremente o sofrimento de um outro em sofrimento pessoal, em que se pode tomar para si a humilhação, a fim de partilhá-la, sem que ninguém se dê conta disso. André deixaria de ser o filho deles para tornar-se alguém, *ele mesmo*, completamente só, por sua própria vontade.

Sua cabeça girava por causa desses pensamentos. E os colegas, que diriam? Será que um único entre eles compreenderia que se quisesse transfigurar a vida a tal ponto? E o sr. Michelet?

E ele? Ele, André, compreenderia o que teria feito a si mesmo?

Sentou-se à sombra da mureta que sustentava a grade do quartel. O silêncio substituíra os ruídos dos soldados, suas risadas e suas recriminações. Havia somente ele, André, a se colocar questões sem pé nem cabeça. Não havia mais nem sequer a presença de Jean-Baptiste para lhe dizer se sonhara ou não.

Decidiu ir até a Grande Garagem do Globo, para ter certeza de que a vida não estava zombando dele desde aquela manhã.

A Grande Garagem do Globo não podia estar mais normal. Os mecânicos trabalhavam como de hábito, uns na oficina, os aprendizes atendendo os carros que vinham pôr gasolina. Ouvia-se o sr. Graziani berrar com seu vozeirão que "ninguém faz nada nessa oficina". A sra. Loti, por sua vez, perfilava-se atrás da caixa registradora, nem mais nem menos acolhedora do que de hábito: ela não sorria, exceto quando a quantia a receber era significativa e ela temia que o cliente não quisesse pagar. Ela especificava cada linha da fatura para que vissem claramente que não era roubo. André a conhecia bem: com frequência era ele que levava para ela os papéis onde Jean-Baptiste indicava que consertos fizera.

Jean-Baptiste não apareceu. Evidentemente!

A cidade vivia por meio de uma infinidade de ocupações que André não suspeitava, já que habitualmente a essa hora estava na escola. Pela primeira vez pensou que a vida das pessoas continua quando não estamos presentes. As pessoas agem como se estivéssemos mortos. Vistos de longe, os mecânicos pareciam ocupados, cada um com sua pequena tarefa. Ninguém se voltava para ele. Atrás de uma dessas janelas, sua própria mãe trabalhava. Ela não pensava nele, não mais do que a sra. Loti ou o sr. Graziani, com seu vozeirão.

André via o mundo como no cinema. Ao mesmo tempo terrivelmente verdadeiro e terrivelmente distante. O jornaleiro. O farmacêutico. O vendedor de tintas. Ele observava cada loja da praça Clemenceau. Para quê? Sua atenção deteve-se na barbearia, e o desejo de entrar ali para sentir concretamente algo lhe acontecer apoderou-se dele. Isso o faria sair de seu sonho. Mas logo concluiu que não adiantaria nada. Que diria o sr. Wittgenstein ao vê-lo chegar inopinadamente? Ele acharia despropositado que alguém viesse raspar a cabeça em vez de estar na escola. E com que dinheiro pagaria? Não. Era muito idiota. E, quando sua aparência tivesse se modificado, quando ele tivesse se tornado feio, isso mudaria o quê? E por que não outra coisa? Fingir-se de pobre? de doente? de louco? Não havia razão para que seu desejo de transformação se detivesse.

Para assemelhar-se a Jean-Baptiste e reconhecer-se nele como num espelho? Não é colocando-nos no lugar dos outros que nos tornamos nós mesmos. Tomar-se por René Descartes, ou por Jean-Baptiste, ou por esse ou por aquele, mudaria o quê? Com isso as coisas passariam a ser verdadeiras?

Afora colocar-se mil questões, ele não chegava a grande coisa.

Podia inventar para si trinta e seis vidas de todos os tipos. Sem muito esforço, podia imaginar que era militar ou professor de história. Podia colocar-se na cabeça das pessoas e reconstruir seus pensamentos em seu lugar, pensar na maneira como reagiriam se essa ou aquela aventura lhes sucedesse. Imaginar que o sr. Michelet fosse recruta e Jean-Baptiste, professor de história, por exemplo. Ou que a sra. Rougier fosse caixa na Grande Garagem do Globo. A sra. Rougier, que tentaria explicar as faturas à maneira de um poema. Em vez de recitar os versos que dera para aprender de cor esta manhã:

É junho. O pardal nos campos
ri dos enamorados;
o rouxinol das escarpas
canta em seu ninho de pedra.

... em vez disso, ela recitaria:

Troca de óleo	*$ 90,00*
Regulagem do motor	*$ 40,00*
3,5 litros de Super Metaroil: 4 x 37,00 =	*$ 148,00*
Peças: 2 juntas e 3 porcas de 12 mm	
— Juntas: 2 x 7,25 =	*$ 14,50*
— Porcas: 3 x 5,10 =	*$ 15,30*
Mão de obra, 1 hora	*$ 125,00*
TOTAL	*$ 432,80*
Impostos 18,5%	*$ 80,06*
TOTAL GERAL	*$ 512,86*

A seu amável serviço.

Em vez de *Victor Hugo*, estaria assinado *Grande Garagem do Globo.* Seria preciso demonstrar que não há nada de anormal em cobrar quatro litros de óleo, quando se pôs apenas três e meio no cárter, uma vez que "toda lata aberta fica por conta do cliente". Ela tiraria de sua gaveta o regulamento da oficina, e o cliente teria que se calar, exatamente como o aluno que não pode replicar a um erro de ortografia, uma vez que, diz a gramática que a sra. Rougier traz sempre em sua pasta: *"O particípio passado conjugado com ter concorda em gênero e número com o complemento do objeto direto quando este está colocado antes"*.

A lei é a lei.

André sentia-se capaz de desenvolver o comentário da fatura bem melhor que o poema de Victor Hugo. Ele achava admirável que se escrevesse: "*A seu amável serviço*" no final de cada fatura, logo acima do carimbo em que três "G" entrelaçados compunham uma maravilhosa assinatura. Declarar "*A seu amável serviço*" sugeria que a garagem é que era amável, quando na realidade o cliente era obrigado a pagar julgando-se feliz de que lhe restituíssem seu carro em bom estado.

"*A seu amável serviço*"! Por que a sra. Rougier não escrevia essa fórmula abaixo de sua avaliação: nota 5, "*A seu amável serviço*"? André descobria tudo o que se pode construir quando deixamos a imaginação ir aonde quer. Se ele não confiava mais na verdade, talvez fosse porque secretamente esperava que dessem mais importância à imaginação. Por que as coisas precisavam obrigatoriamente obedecer a regras sem fantasia? Que há de menos poético numa fatura da Grande Garagem do Globo do que num poema de Victor Hugo? O fato de o professor afirmar o contrário? Nesse caso, bastaria esperar nos tornarmos professores, por nossa vez, para fazermos estudar em classe as contas de eletricidade ou como usar uma máquina de moer café. Afinal de contas, será que o sr. Michelet não se tornara professor de história para contar tudo o que seu próprio professor de história lhe proibira de inventar quando ele era aluno? Se a verdade fosse verdadeiramente verdadeira, ninguém teria vontade de discuti-la, não é mesmo?

Diríamos, por exemplo, que *"Bagdá (um milhão de habitantes), Córdoba e Damasco figuram entre as maiores aglomerações do ano 1000. A civilização muçulmana desenvolve-se nas cidades. No interior de suas muralhas, o viajante encontra mil prazeres à saída do deserto: a sombra refrescante das ruelas, o repouso na tepidez do haman (documento 1), o odor embriagante das rosas e do jasmim nos parques orvalhados que oferecem a imagem do paraíso".*

Tudo isso está exatamente escrito na página 18 do livro de história.

André surpreendeu-se com a quantidade de coisas que pudera aprender. E, ao mesmo tempo, a questão era sempre a mesma: como saber se era verdade? Por exemplo: quando o texto de história diz "o ano 1000", está dizendo a mesma coisa que quando diz que os viajantes encontram "mil" prazeres nas cidades árabes? Será que os prazeres foram contados um a um como se contam os anos? É claro que não. Pode-se dizer "mil prazeres" sem refletir, simplesmente para dizer "muitos". Mas então, como fica o curso de matemática nesse ponto, já que ele não permite que "mil" seja diferente de "mil"? E mais: no mesmo texto, André lembrou-se que "o ano 1000" estava escrito em algarismos, e "mil prazeres" em letras. Ele havia observado isso. Há portanto cifras que formam números, e outras que formam palavras...

Os professores são os primeiros a se deliciar com sua imaginação. Mas eles têm o direito de obrigar os alunos a não se servirem muito dela. Eles têm o direito de escrever um livro de história tornando-o, se possível, tão agradável quanto um romance de aventuras, mas os alunos não.

André recitou:

— *"O odor das rosas e do jasmim nos parques orvalhados que oferecem a imagem do paraíso..."*

Era bonito de dizer. Quase tão bonito quanto: *"O rouxinol das escarpas canta em seu ninho de pedra"*. Sinceramente...

E por que não: "*A seu amável serviço*"?

E por que não, ainda: "*Eu me chamo René Descartes*"?

Era sobre isso que era preciso refletir: por que alguns possuem o direito de declarar e fazer o que querem, e outros não? Em nome de quê *obrigar* os alunos a assimilar tais conhecimentos? Em nome de quê *obrigar* os rapazes a prestar o serviço militar? "Em nome da verdade", seria talvez a primeira resposta que viria à mente das pessoas. Em outras palavras: é assim porque é obrigatório. Mas quando André perguntara ao sr. Michelet o que o autorizava a ensinar certas coisas e não outras, ele não soubera, por mais professor que fosse, responder de modo convincente. Também ele obedecia a professores. Eles chamavam-se "*Jean-Michel Lamblin, professor doutor no colégio Carnot*" ou "*Chantal de Moor, professora na Universidade Paul Valéry*", ou qualquer outra coisa: havia sempre alguém para proibir que encontrássemos a verdade sozinhos.

Todas essas artimanhas ocultam que a verdade não existe; pelo menos não como se acredita que ela é. Elas impedem de descobrir que a única realidade que existe é a da imaginação, e que esta foi substituída por trinta e seis mil costumes. Em todo caso, a imaginação é algo intrigante, pois, se lhe dessem oportunidade, ela permitiria às crianças sonhar uma vida a seu gosto, ou aos militares não sofrer tanto com os caprichos de seus chefes.

André não compreendia por que a imaginação era tão maltratada: como se a verdade tivesse medo dela. Tão logo um hábito era arranhado, o medo reaparecia. Portanto ele estava vivo, escondido por trás dos sinais com que cada um constrói sua armadura. Os rapazes constroem uma armadura com seus jeans e suas camisetas: é só tocar nisso para que se vejam completamente nus. Eis por que a primeira coisa que se gostaria de tomar-lhes é o direito de usar jeans e camisetas: os pais exigem que vistam uma gravata e um paletó, e os militares, uma farda. Os professores se escondem por trás de seus diplomas e seus conhecimentos; eis por que têm horror de que zombem disso. A imaginação de um tenta pôr abaixo a verdade do outro, e a verdade se defende. Ela não quer que a façam em pedaços. A verdade esquece que também ela, antes, era uma imaginação que sofria com uma verdade estabelecida que ela não aceitava mais.

As crianças estão sempre do lado da imaginação, necessariamente, já que são os últimos a nascer. Não tiveram tempo de aprender. A verdade procura segurá-las o maior tempo possível. No início ela ganha sempre,

porque os jovens são ingênuos e acreditam em tudo o que lhes dizem. Eles ignoram que a vida poderia ser diferente do que é. Quando se dão conta de que as coisas não são tão evidentes assim, e que é possível discuti-las, eles as põem à prova. Fazem como André com o sr. Michelet: contam as histórias que lhes passam pela cabeça e se esforçam por tornar real o que dizem essas histórias. Em certo momento, isso se torna uma luta de morte, a ponto de se fazer uma revolução, por exemplo.

Quando se chega a esse ponto, a verdade se torna cada vez mais rabugenta. Acabam-se os risos. É preciso ceder. A verdade está instalada há tanto tempo que teve a ocasião de preparar as melhores armas. Não necessariamente fuzis, mesmo que vejamos os policiais bem armados e com capacetes chegarem quando há uma manifestação, e se instalarem por perto em camburões com grades, dispostos a tudo. Não necessariamente fuzis, não, mas uma força mais sorrateira, que ameaça não dar trabalho aos que não têm os diplomas necessários ou que não fazem exatamente o que lhes pedem. A verdade exige sempre que se seja sensato. Ela sempre dá um jeito de amedrontar, mesmo se tem razão. Ela toma suas precauções. Punindo os alunos com atividades extraclasse, mandando os vadios para a prisão.

Uma escola é sempre um pouco uma prisão. Apenas um pouco, mas mesmo assim uma prisão. Basta ver onde está situado o gabinete do diretor: bem no meio, no lugar onde os corredores se cruzam, e de onde se pode observar tudo. Se o diretor vem verificar o que se passa na aula do sr. Calvel, é que ouve tudo de seu gabinete. Ele não diz nada, porque o sr. Calvel é seu amigo, mas não pode deixar de ir ver. Um outro professor talvez recebesse uma advertência. A escola não é apenas um lugar útil para os alunos; é útil também para os adultos.

Um quartel é algo parecido. Como ali se lida com jovens mais resistentes, então se mostra mais força. Os que trabalham talvez já tenham adquirido maus hábitos. Não pedem mais permissão a seus pais para ir ao cinema ou ao bar. Vão esperar suas namoradas diante da loja onde elas trabalham. Beijam-nas porque sentem um forte desejo, esperando o momento de entregarem-se a elas tão nus como a mais bela das verdades...

Se Jean-Baptiste ficara tão zangado, é que estava muito contrariado com a ideia de prestar o serviço militar. Sua raiva era sua liberdade incomodada, a ponto de ele não poder mais contê-la. Os uniformes e os cabelos raspados servem para mostrar quem é o mais forte. Era a vez de o mecânico Jean-Baptiste tornar-se um mecanismo submisso! Ao atacar o corpo, a verdade ameaça: "*Se não marchar direito, você pode realmente ir para a prisão*", diz ela.

A escola é uma pequena prisão. O quartel é uma prisão um pouco mais autoritária. A verdade mostra que ela está sempre aí. No fim das contas, ela promete a verdadeira prisão para os que decididamente são muito teimosos. Antigamente, costumava-se até cortar a cabeça daqueles que não se conseguia disciplinar.

Isso não quer dizer que ninguém é mau, naturalmente. Apesar de tudo, uma pessoa má é sempre mais ou menos alguém cuja imaginação é maltratada, e que não consegue se conter. Ele quer se mostrar, sozinho, tão forte como a verdade inteira. Ladrão é aquele que não vê outro modo de possuir o que deseja a não ser pelo ardil. Ele precisa de cada vez mais dinheiro, e o dinheiro não vem como ele quer.

O dinheiro também é uma prisão, a mais hipócrita de todas. Por um lado, a propaganda cria a vontade de possuir roupas com as quais se ficará mais bonito, ou uma moto potente e brilhante. Por outro, os bolsos estão vazios: nunca se tem dinheiro suficiente. O dinheiro é uma droga: quer-se cada vez mais e ela está sempre em falta. Ninguém fornece o bastante. Então, no fim das contas, é a prisão, se alguém é apanhado furtando. Por um lado, a propaganda mostra as garotas e os rapazes com cabelos sedosos e livres; por outro, raspam-nos a cabeça para mostrar que, se quisermos permanecer livres, precisamos fazer tudo o que nos pedem. Por um lado, todos sonham ser um animal selvagem; por outro, todos são forçados a ser um animal doméstico. Não é nem bom nem mau ser um animal doméstico; mas então que se faça sonhar menos com a vida selvagem, para que um dia ela não vença tudo, mesmo as prisões.

Não é a verdade que é má; é a verdade que se tornou hipócrita.

Se as pessoas tivessem a oportunidade, nada as impediria de querer possuir conhecimentos de matemá-

tica, de história, nem mesmo de querer ser soldado — afinal, Jean-Baptiste certamente brincou de guerra quando criança —, mas, pelo menos, elas teriam a ocasião de proporcionarem a si mesmas um imenso prazer. Em vez disso, dá-se um jeito para que tudo adquira aos poucos a forma sem graça do hábito. Chega um momento em que nem mais se tem a ideia de que as coisas poderiam ser de outro modo. A srta. Allibert toma sua sopa, a sra. Rougier não sai de Victor Hugo, a sra. Loti copia suas faturas uma após a outra alegando "*amáveis serviços*" ao longo do dia, enquanto o responsável pela intendência passa uniformes demasiado grandes para jovens que prefeririam ir à praia nadar e se divertir com as garotas.

Se André continuava plantado diante da Grande Garagem do Globo sem saber muito bem o que fazer nem onde ir, era exatamente por causa disso: a vida estava traçada de antemão por uma verdade que governava seriamente todo o mundo conforme seu capricho. Às vezes ela era mais generosa, e as pessoas ficavam felizes com a sorte que lhes coubera. Jean-Baptiste era *feliz* por ser mecânico, e o sr. Michelet, *feliz* por ser professor de história. Na maioria das vezes, infelizmente, a vida passava ao lado dos desejos: ninguém pede para ficar doente, nem para sofrer bombardeios, nem para se embrutecer num trabalho idiota. Se a verdade é a única a organizar a realidade possível, não surpreende que a contestação pareça uma doença; chega-se a pensar que a felicidade é a mais grave das doenças, aquela que sobretudo não se deve pegar.

A verdade organiza o tempo das pessoas. Diz-lhes a que horas levantar-se, a que horas ir à escola, em que momento trabalhar, em que época tirar férias, com que idade tirar carta de motorista, com que idade se aposentar. Por pouco não decreta quando seria conveniente morrer! Ora, o tempo é a única coisa que a gente possui como algo próprio. O tempo é a vida. Quanto mais se

organiza a vida, mais se rouba do tempo. É preciso, portanto, dar um jeito de recuperar a maior parte de tempo possível.

O que não quer dizer que não se deva trabalhar. Quer dizer que é preciso tentar ser *feliz* trabalhando. Por que a sra. Rougier só consegue aborrecer seus alunos? Por que é gostoso escutar o sr. Michelet, mesmo quando dá aulas de geografia, que deveriam ser maçantes por causa dos números e dos mapas, e que não são assim graças a ele? Talvez a culpa seja mesmo dos alunos que não sabem se interessar, quando pensam nas moscas em vez de escutar, por exemplo. Com mais curiosidade, eles obrigariam os professores a ser interessantes, pois estes lhes mostrariam o quanto o ambiente melhora quando todos estão contentes.

Além do mais, não existe só a escola. Jean-Baptiste não estudou muito. Isso o impede de ficar encantado quando mexe nos motores dos automóveis, mesmo os complicados?

O que aborrece, com a verdade, é que, se a gente deixar, ela acaba envergonhando todo o mundo: envergonha os pais cujos filhos não vão bem na escola, envergonha os filhos que não têm os diplomas que seus pais gostariam que tivessem, envergonha os que não têm trabalho nem dinheiro, envergonha os que não sabem jogar futebol, envergonha os que se inquietam demais.

Há sempre alguma coisa que gostaríamos de fazer e que temos vergonha de não conseguir. A vergonha é quando não conseguimos ser felizes com a vida que temos, quando acreditamos que devemos ser sempre os mais fortes.

É preciso impedir que a verdade seja a mesma coisa que a força.

Era contra a força que André se batia, contra a força estúpida.

— Talvez a liberdade seja uma força que se tornou inteligente.

Ele ficou contente por ter pensado isso. Quando sugeriu a Jean-Baptiste agir realmente como se desejasse o que lhe acontecia, quando tivera a tentação de se humilhar de propósito, ele queria simplesmente mostrar à força que podemos zombar dela, e que ela nada pode contra aquele que a despreza.

Mesmo a morte é impotente. Uma vez concluída, não pode fazer mais nada. Aquele que mata tem sempre um ar meio tolo. Ele dá um jeito para que não ousem lhe dizer isso; eis por que ameaça. Rosna e late como um cão. Se todos percebessem essa tolice, as guerras seriam evitadas.

Se ainda há guerras, é porque a força continua sendo a mais forte. Acredita-se nela. As pessoas a amam, se oferecem a ela, e ela se aproveita. Faríamos o mesmo em seu lugar. Ninguém ousa zombar dela. Não se sabe como fazer. André já sabia que era preciso resistir à verdade. Ainda não sabia como substituí-la, nem por que outra coisa.

Experimentava um prazer maligno em revolver as mesmas ideias, nem sempre de propósito. Exercitava-se em retardar o tempo até senti-lo muito forte, o tempo. Repetia o tempo que passa ao repetir certos pensamentos. A sra. Rougier não teria apreciado muito tal "*negligência de estilo*". Uma razão a mais!

Enquanto isso, era preciso voltar para casa para almoçar. Refletir leva tempo e o tempo passa, mesmo quando não se pensa nele. Para evitar os dramas, que consomem ainda mais tempo do que quando não se faz nada, André não quis mudar os hábitos de sua mãe: almoço ao meio-dia e trinta, a uma e meia a partida, ele para a escola, ela para o escritório. Nada a dizer.

André comeu depressa, para ter tempo de tomar um pouco de sol. Ficar ao sol era sempre um prazer. Estendeu-se numa espreguiçadeira e fechou os olhos. Deixou os raios queimarem deliciosamente suas pálpebras e a pele de seu rosto.

A luz o acariciava. Ele tremeu levemente.

Estava inquieto antes da tarde que ia começar. Percebia muito bem que não parava de refletir para evitar pensar naquilo que não deixaria de acontecer. Ia ser punido. Sobretudo teria de explicar-se, contar por que zombara do sr. Michelet. Diante dos adultos, não se sentiria capaz. Teve, de repente, a forte consciência de sua idade. Que poderia dizer, ele que mal acabara de descobrir a que ponto a verdade pode ser astuciosa quando se trata de se fazer obedecer? As ideias lhe vinham em demasiada desordem para que pudesse fazer algo mais do que gaguejar: era sempre a mesma coisa quando tentava exprimir o que pensava de fato. Uma criança não pode justificar o que é bom nem o que é mau, porque são os adultos que julgam e dão as razões para o que fazem as crianças, em casa, no boletim, no conselho de classe. Mesmo no médico, são eles que falam. A moral está a serviço da verdade, pois ela diz que é a mesma coisa querer o que é bom e querer o que é verdadeiro.

Estudamos na escola para nos tornarmos homens de bem. Quanto mais se sabe, melhor se é. Ele ouvia antecipadamente o diretor fazer a lista de todos os que haviam sido bem-sucedidos na vida porque tinham trabalhado muito, as crianças pobres que tinham enriquecido, as crianças ricas que tinham se tornado santos, as crianças comuns que tinham virado grandes cientistas, grandes escritores, grandes músicos, porque haviam trabalhado seriamente em vez de desperdiçar sua juventude fazendo gracejos idiotas. E, mesmo que o sr. Michelet não assistisse à sessão, ele continuaria presente no gabinete do diretor! A história está repleta de heróis admiráveis, cujos nomes se escrevem nas placas das ruas, a quem se edificam estátuas, a quem se dedicam livros. Pasteur produziu a vacina contra a raiva, Cristóvão Colombo descobriu a América, Leonardo da Vinci inventou o paraquedas, e Richelieu, e Júlio César, e La Fayette... Clemenceau ganhou a Primeira Guerra Mundial para a França, mais ainda que os soldados que morreram combatendo de verdade, mesmo que tenham sido erguidos monumentos fúnebres para gravar a lista de seus nomes. Será que basta ter seu nome escrito num monumento fúnebre para ser um homem de bem? E na enciclopédia? Todo ano, no dia 11 de novembro, o prefeito deposita uma coroa de flores para lembrar a grande coragem dos homens. Ao morrerem, eles salvaram a vida dos sobreviventes. Em todo caso, permitiram-lhes continuar vivos para se colocar questões sobre a liberdade.

É sempre a mesma coisa: a verdade não está necessariamente errada, mas se aproveita do fato de que geralmente se pense como ela para fazer acreditar que ela tem *sempre* razão. De nada serve dizer que os soldados morreram por nada, já que eles mesmos estavam convencidos de morrer por uma boa causa. Na França, os professores de história demonstram o quanto os soldados franceses são heróis. Todos têm razão enquanto não se discute a força, porque no fim das contas é sempre ela que ganha. Sem perceber, o sr. Michelet se via automaticamente do lado da força, já que se faz história primeiramente com as guerras e as batalhas que os reis comandaram e que os pobres diabos suportaram, acre-

ditando agir bem. Não tem a menor importância dizer que eles se revelaram cheios de mérito: é para isso também que servem os historiadores.

— Pouco importa, murmurou André. Ainda prefiro uma punição em história que na aula de francês.

Ele lamentou que o sr. Michelet, que soubera mostrar-se gentil com ele, fosse obrigado a colocar-se do lado da força. Ele provavelmente lhe pediria para fazer uma lição de casa sobre a vida de René Descartes.

— Nunca se sabe: o sujeito pode ter escrito coisas interessantes.

Mesmo assim tinha medo de não compreender nada, por causa da filosofia. As palavras nem sempre são aliadas dos jovens. Quem sabe o que elas querem realmente dizer? André mal conseguia fazer-se entender pela sra. Rougier, cujo ofício consistia, no entanto, em adivinhar o sentido das palavras. A palavra mais simples pode ser ouvida de través. Que dizer então das palavras de um filósofo!

Aproximou-se da escola. A Livraria do Liceu estava em seu lugar de sempre, pelo menos tanto quanto a Grande Garagem do Globo estivera no seu ainda há pouco. Elas tinham o hábito de estar ali, e a gente tinha o hábito de olhar para elas.

Assim que ele entrou no pátio, Antoine o chamou, rindo:

— Tudo bem, "René"?

André sorriu, sem saber muito bem o que responder. Tinha o ar embaraçado de quem fez uma besteira, e era verdade que, de certo modo, ele fizera uma besteira.

— Espero que Michelet não faça disso um grande drama. Quando começa a discutir, leva horas.

— Ele discute sempre. É o jeito dele. Mas desta vez tomou a coisa a sério. Você teve sorte de ele estar de bom humor.

— O caso continuou depois de minha saída?

— Nem imagina! Tivemos direito a uma lição de moral tamanho família.

— É? De que gênero?

— O gênero Michelet. Ao mesmo tempo ele conta sua vida e recita trinta e seis livros. Começou por nos dizer que o caso fazia-o lembrar sua juventude, e que ele também havia gostado de colocar questões impertinentes aos professores. Mas logo acrescentou que não era preciso exagerar. Disse que, para exagerar, existia a filosofia, que era feita para isso. Então lhe perguntaram o que é a filosofia, não tanto para saber, mas porque, colocada essa questão, seria uma hora inteira de digressão...

— E aí?

— Primeiro ele disse que a filosofia consistia em falar para não dizer nada, o maior tempo possível. Eu disse a ele que a história também, talvez até mais. Eu tinha vontade de provocá-lo um pouco, como você, porque fiquei interessado quando percebi que você queria discutir a verdade. Essa também é uma questão que às vezes me coloco. Não sei como a coisa me pega, mas quero saber por que sabemos as coisas.

André estava encantado.

— E aí, que foi que ele disse?

— Ele disse que os filósofos põem tudo por terra. E que Descartes, por exemplo, existiu de fato e era um filósofo.

— Eu sei. Vi um livro na Livraria do Liceu. Foi por

isso que eu disse que me chamava René Descartes. Foi o primeiro nome que me passou pela cabeça.

— Sim, mas o mais gozado é que Descartes procurou pôr em dúvida a totalidade das verdades existentes, e é por esse motivo que ele é conhecido. Ele mostrou que, se pensássemos bem, logo perceberíamos que não sabemos nada de nada, que tudo o que sabemos é fruto apenas dos hábitos, e que basta mudar de hábito para que tudo o que era supostamente verdadeiro se torne praticamente falso.

— Que engraçado! É o que venho pensando desde esta manhã. É algo que se apoderou de mim. Já lhe aconteceu pensar coisas desse tipo?

— Vagamente. Mas quando Michelet nos disse isso, tive a sensação de que deveria. Em todo caso, quero pensar sobre o assunto.

— Foi tudo o que ele disse sobre Descartes?

— Não. Disse também que, se podíamos sem muito problema duvidar de todas as verdades possíveis e imagináveis, havia uma coisa que permanecia sempre ali: é que existimos. Isso é genial! Porque, mesmo para dizer bobagens, precisamos estar ali para dizê-las. Não é possível não existirmos, se pensamos. Não podemos pensar que não existimos, pois quem pensa que não existe é obrigado a existir para pensar isso: interessante, não?

COMO SERIA SE TODOS OS PROFESSORES CONTASSEM APENAS HISTÓRIAS INVENTADAS?
QUE SOBRARIA PARA ACREDITAR?

SE A GENTE NÃO SE PARECESSE MAIS CONSIGO MESMO?
QUE SOBRARIA DE VERDADEIRO?

SE AS ESFERAS PASSASSEM A SER CUBOS?
HEIN? E SE...
HMMM...

E SE O MUNDO TODO TIVESSE SUMIDO DE REPENTE?

QUANDO NÃO SE CRÊ MAIS EM NADA, O QUE SOBRA?
SOBRO EU!
EU!
EU! EU VIVO!
EU, QUE SEMPRE ESTIVE AQUI, MESMO QUANDO NADA HAVIA PARA ACREDITAR
NÃO TENHAMOS MEDO DAS PALAVRAS: COGITO ERGO SUM!

— Então, se afirmo que me chamo René Descartes, ou André, ou Antoine, de qualquer maneira sou eu que existo?

— Exatamente.

— Mesmo se mudamos de rosto, se ficamos gordos, ou velhos, ou feios; se mandamos refazer o nariz ou mudamos de aparência? Se ninguém nos reconhece, continuamos sendo *nós*?

— Sem dúvida. Michelet não nos contou tudo. Disse que, se a questão nos interessasse, havia Calvel para isso. Que o trabalho dele, Calvel, era responder às questões que não têm respostas. Que ele, Michelet, jamais teria podido ser filósofo por causa das questões sem respostas. Que foi por isso que escolheu a história. Por causa da verdade.

— Ele disse: *por causa da verdade*?

— Alguma coisa do tipo...

— Então, foi por isso que ficou tão embaraçado quando zombei dele justamente por causa da verdade?

— Não sei. Talvez porque achasse que era uma questão idiota, do tipo daquelas que não têm resposta. Para ele, o que se responde ou é verdadeiro ou é falso: não há outra hipótese. Não pode ser outra coisa senão "verdadeiro" ou "falso". Se você se chama "André", não pode se chamar "René". É assim. Ponto final.

— Acha que foi isso que Michelet quis dizer?

— Talvez.

— Mas então, como é que fica quando fazemos perguntas para as quais as pessoas têm medo de que não haja resposta? Por exemplo, sobre Deus, ou sobre a morte?

— Isso eu não sei, meu velho. Pergunte a Calvel, parece ser a especialidade dele!

Os dois riam satisfeitos. Não só porque se davam conta do que estavam dizendo, mas também porque era gostoso fazer perguntas, uma atrás da outra, para ver o que acontece: *por que, por que, por que, por que, por que, por que...*

Há uma força escondida no coração de cada pergunta. Temos uma certeza, e eis que essa certeza se quebra, e nos vemos perdidos. Procuramos sair dessa situação, necessariamente. Quando conseguimos responder à pergunta, então ficamos contentes, pois é como se encontrássemos a verdade desaparecida. Perguntamos, por exemplo: *"Qual foi o primeiro homem a voar de avião?"*, e respondemos: *"Santos Dumont!"*. Ficamos contentes de sabê-lo. Maravilhados. Sorrimos da mesma maneira que o atleta que ganhou uma corrida. É a vitória depois do esforço. A força da pergunta foi vencida pela verdade.

Mas, às vezes, não há nada a fazer. A força da pergunta é por demais poderosa e nenhuma resposta agrada. Se é uma verdade tão verdadeira que existimos, como se explica, por exemplo, que Jean-Baptiste tenha sofrido quando se viu prisioneiro dos militares? Usar jeans não é melhor nem pior do que usar um uniforme, e basta tornar a usá-los quando se está de licença para voltar a ser normal. Sofremos por nada. Sim, mas sofremos, e quando André pensava na cabeça raspada de Jean-Baptiste, ele ainda se via perturbado por seu ar infeliz. Jean-Baptiste não sabia o que se passava dentro dele, e, se podia responder que estava no serviço militar quando lhe perguntassem a razão de seu corte de cabelo, não podia ficar contente com tal resposta. Nesse caso, a verdade permanecia oculta, definitivamente. A pergunta continuava sendo a mais forte.

Há perguntas que não dependem de nós. Quando indagamos qual foi o primeiro homem a voar de avião, ou qual a montanha mais alta, fazemos isso de propósito, *queremos* fazer essa pergunta, e queremos porque estamos certos de que a resposta existe em algum lugar. Basta procurá-la. Mas as perguntas que não dependem de nós se fazem por si mesmas. É óbvio que existimos. Mas não é a mesma coisa dizer que existimos e ser obrigados, como por uma doença, a perguntar *por que* existimos. A srta. Allibert, a sra. Loti existem. Se lhes perguntássemos "será que a senhora existe?", elas não titubeariam em responder que sim. Achariam mesmo insólito que lhes perguntassem tal coisa.

Agora, se perguntássemos à srta. Allibert por que toma a mesma sopa todos os dias, ou à sra. Loti por que propõe um *amável serviço* a cada cliente, o que elas responderiam? Que poderiam responder? Porque afinal a sopa da srta. Allibert ou a fórmula pronta da sra. Loti são respostas. Uma seguramente tem prazer em tomar sua sopa e a outra fica contente quando uma fatura é efeti-

vamente paga. Mas percebe-se claramente que ambas jamais pensaram que as coisas pudessem ser de outro modo. Seus hábitos provêm do fato de que elas não se lembram mais do dia em que decidiram que o hábito tomaria o lugar da verdade.

André se deu conta de que tinha mais vontade de saber o que se passa quando se tem uma pergunta do que o que se passa quando se tem uma resposta. Ele perguntou a Antoine:

— O que *você* pensa disso, do que Michelet lhe contou?

— Penso que é curioso ter vontade de aprender coisas. Em matemática, em francês, em história, em geografia, há muito o que aprender. E, quando penso que sou eu que aprendo, isso me dá prazer.

— Será que a verdade é feita para dar prazer?

— Se ela dá prazer, por que nos privaríamos?

— Não sei. Mas será que não buscamos o prazer para ocultar coisas mais graves? No lugar de outra coisa?

— O prazer, basta saciá-lo.

— Como os animais. Come-se quando se tem fome, dorme-se quando se tem sono, e tudo funciona bem.

— Não só isso. Os homens se dão prazeres mais interessantes; sei lá, como a música ou as ciências.

— Mas, se a música produz apenas prazer, os homens permanecem animais. Não importa a música que ouçam, desde que dê prazer. Ora, você bem sabe que a música não dá prazer como um pedaço de pão, nem um pedaço de pão como um doce. É como se houvesse prazeres que não servissem para nada. Prazeres de luxo.

— Talvez. Não sei bem. Dá um nó na cabeça pensar nisso.

— Está vendo que a verdade não basta, disse André com ar triunfante. Pois bem! é o que me intriga desde esta manhã. Não consigo me conter.

— Coitado!

— O pior é que isso me fascina. Descontando que talvez me custe duas horas de deveres extras. Mesmo assim...

— Em todo caso, gostaria de continuar discutindo, de tempos em tempos, para ver o que acontece.

— Está vendo: isso lhe dá prazer de um modo diferente que um pedaço de pão.

Antoine sorria. Ele parecia encantado com a discussão que mantinha com André, porque havia compreendido o que se passara de manhã com o sr. Michelet; ao mesmo tempo, via-se que ele hesitava em dar muita importância à sua vontade de discutir.

— Pensar nisso dá um pouco de medo, disse.

— Sei bem. Mas o que se pode fazer?

— É preciso também pensar em outra coisa. Por exemplo, quando fico nervoso, vou treinar na academia de judô. O judô me ajuda muito. Quando pratico, logo consigo não pensar mais em nada, nem na escola, nem em meus pais que vão se divorciar, nem em nada. A vida é difícil, às vezes, mesmo na nossa idade. Então faço judô e isso me ajuda. Não sei se se pode viver pensando o tempo todo...

Interromperam a conversa, porque o supervisor veio dizer a André que o esperavam na sala do diretor. Sem perceber muito bem o que fazia, Antoine o acompanhou em silêncio. Não o pegou pela mão, mas André não pôde deixar de lembrar que de manhã ele mesmo acompanhara Jean-Baptiste ao quartel.

— É minha vez...

— Boa sorte, meu velho, soprou-lhe Antoine no momento de abandoná-lo. Depois me conte.

Seu coração batia. O longo tempo que acabara de passar com Antoine mostrava-lhe a importância que queria atribuir à sua "doença", e agora percebia claramente que seria obrigado a ceder, contra sua vontade, às boas razões do diretor. Sua existência voltaria a ficar cheia de hábitos inofensivos. Tinha certeza de que lhe pediriam para estudar mais. Já ouvia o diretor encorajá-lo a fazer esforços, sobretudo em francês. Mas como tinha notas boas em história e matemática, não lhe diriam muita coisa. Em todo caso, não seria conveniente confessar que isso era só porque tinha boa memória, e que não era preciso ser inteligente para repetir verdades como um papagaio. Ele pediu mais do que nunca à sua doença para ajudá-lo.

— Ajude-me a ficar calado, desta vez!

Chegou diante da porta. Discutiam dentro da sala. Quando bateu, fez-se um silêncio. Não lhe mandaram entrar de imediato: os professores deviam estar se compondo, assumindo um ar grave.

— Entre!

O diretor estava atrás de sua mesa: normal. O sr. Michelet estava presente: normal também. Mas o sr. Calvel... isso era mais surpreendente, mesmo considerando que ele era o melhor amigo do sr. Michelet e colega de infância do diretor: ali não era o professor que tinha necessidade de aliados! Três contra um, isso contava muito.

Via-se que o sr. Calvel não podia deixar de sorrir. Escondia-se atrás de um cigarro. Parecia regozijar-se, a despeito das grossas lentes que deveriam dar-lhe um aspecto severo e impressionante. Ele balançava de leve a cabeça, afetuosamente, como para dizer a André que as coisas correriam bem. Seus olhos franziam-se no canto.

Isso deu esperança a André. O diretor foi o primeiro a falar. Estava obviamente a par do incidente. Mas o sr. Calvel também; André perguntou-se por quê. Muitas coisas dependiam da maneira como o sr. Michelet lhes relatara o episódio. A verdade muda de aspecto conforme o modo como é contada, e André agora estava em posição de sabê-lo! Dramático, o tom teria transformado um pecadilho em questão de Estado; ridicularizado, toda a importância que André atribuía à sua doença seria colocada em questão. Pensando bem, preferia a questão de Estado, para evitar uma decepção muito grande.

Não teve tempo de prosseguir em suas reflexões. O diretor escolhera iniciar a discussão com uma calorosa ironia:

— Então, sr. René Descartes, como tem passado desde esta manhã?

— René Descartes está bastante embaraçado, senhor, mas não tanto quanto André, pode ter certeza...

Os três adultos puseram-se a rir, e André acreditou-se salvo. Como não disseram nada, ele retomou:

— Gostaria de pedir desculpas ao sr. Michelet, mas não sei se seria muito inteligente.

— Então não se desculpe, disse o sr. Michelet, não é de fato muito útil. O que eu gostaria de saber, em troca, é que bicho o mordeu. Não foi simplesmente um capricho?

— Espero que não! exclamou André.

Estava realmente emocionado. O sr. Calvel avançou uma cadeira, antes de se aproximar, certamente porque era muito míope:

— Pessoas de boa companhia falam sentadas, disse ele.

— Fique tranquilo, disse o diretor.

— Não se inquiete com nada, disse o sr. Michelet, percebendo que era por aí que se devia começar.

E continuou a falar, para que André tivesse tempo de relaxar o bastante para poder se exprimir:

— Eu esperava por tudo, mas não por isso. Normalmente, ninguém gosta de se tomar por outra pessoa, sobretudo em sua idade. E, mesmo que isso aconteça, ninguém se vale disso para questionar a verdade de tudo.

— Eu sei, disse André. Mas, desde hoje de manhã, não consigo agir de outro modo. Há pouco, em classe, o senhor disse que era uma doença: pois bem, é uma doença. Desde hoje de manhã, não consigo mais acreditar que a verdade existe — é mais forte do que eu. E o pior é que tudo o que me acontece reforça esse sentimento. Todas as coisas me parecem novas. Os hábitos das pessoas me dão medo. Então, quando o senhor fez a chamada, foi *excessivamente* como de hábito. Tive vontade de ver o que aconteceria se lhe rompessem o hábito. Um deles, pelo menos. Aos poucos, percebi que todas as nossas verdades são na realidade hábitos que repetimos sem saber o que dizemos...

— Admirável! exclamou o sr. Calvel. Admirável!

— E como se vive sem verdades?

— Ao mesmo tempo muito bem e muito mal. Muito mal, em primeiro lugar, porque é como uma doença que a gente pega. Alguma coisa se quebrou, que faz com que não se compreenda mais como vivem as pessoas. Enfim, quero dizer que não gostaríamos que "viver" consistisse simplesmente em levantar-se como todo dia, ir à escola como todo dia, ir ao trabalho como todo dia... Mas, ao mesmo tempo, não estou tão triste como se estivesse gripado, por exemplo. Eu sinto que há algo mais im-

portante do que acreditar na verdade. Uma espécie de segredo, se quiser. Não sei. Está tudo misturado em minha cabeça, é inevitável.

— E então?

— Então, não sei. Sei que desejo que isso não se interrompa, mesmo se tenho medo, como agora. Não quero dizer que tenho medo de vocês, ainda que de fato tenha um pouco de medo, mas vejo que os adultos encheram suas vidas de verdades, e que essas verdades os impedem de fazer as perguntas que não têm respostas.

— Admirável! repetia o sr. Calvel. Admirável!

Via-se que ele são sabia dizer outra coisa!

— Continue. Não tenha medo.

— A primeira coisa que me caiu nas mãos esta manhã foi o livro de história. Por causa da lição que devíamos preparar para hoje, ele havia ficado junto à minha cama. Quando vi que o sentido das coisas começava a flutuar, li uma ou duas páginas ao acaso para me tranquilizar. Não adiantou muito, porque não pude deixar de me perguntar por que acreditaria no que diziam aquelas páginas; por que acreditaria nelas mais do que, por exemplo, num romance de aventuras. Quando lemos um romance, e é interessante, rimos e nos deixamos levar por ele como se dissesse a verdade, a ponto de ficarmos decepcionados quando o livro acaba e voltamos ao mundo de verdade. Pois bem, é algo parecido nas aulas de história. Talvez seja porque o sr. Michelet é *muito* interessante que acreditamos ser verdade o que ele nos diz. Se ele nos contasse histórias inventadas, acreditaríamos do mesmo modo...

— Está vendo, disse o sr. Calvel ao sr. Michelet, está vendo? E desta vez não pode dizer que a culpa é minha! Bravo, garoto: um a zero.

O sr. Michelet devia estar tão acostumado que lhe espicaçassem desse modo que nem sequer se vexou.

— Não vamos exagerar. Vou lhe contar uma história...

— Pronto, vai começar! disse o sr. Calvel.

— Escute. Você sabe como os homens começaram a fazer a história?

— Vai começar com as aventuras de Heródoto...

— Deixe-me falar, Maurice. Não lhe dê muita bola, André, disse ele brincando. O inventor da história é Heródoto, de fato, que vivia na Grécia no século V antes de Cristo, e que escreveu um livro volumoso chamado *Histórias*, no qual narra o que se passa em sua época,

em particular no país dos citas. Não sabemos muito bem onde fica o país dos citas, mas isso não tem importância. Talvez seja a Pérsia, mas em todo caso é um país desconhecido. Um país do qual nada se pode dizer. Percebe? Um país onde nenhuma verdade funciona. De certo modo, desde esta manhã, você vive no país dos citas. Há paisagens como em seu país, com pessoas que ali vivem e trabalham, no entanto você não se reconhece nesse lugar. O que dá medo é a impossibilidade de se reconhecer, não é mesmo? Para Heródoto, era a mesma coisa. Salvo que os citas tinham a reputação de ganhar batalhas pela astúcia. Eles não se arriscavam. Quando os estrangeiros desembarcavam, com armas e bagagens para guerreá-los, eles fingiam preparar-se. No momento em que a batalha ia começar, terrível, os citas punham-se em fuga, o mais rapidamente possível, aos gritos. Encantados com essa covardia inesperada, e convencidos de que era por temor de sua força, os invasores corriam atrás deles, sem muito cuidado. Não viam que estavam sendo atraídos para desertos sem pontos de referência e, sobretudo, sem água. Acreditavam tanto que o combate seria de curta duração que não tomavam precauções. Chega um belo dia em que montanhas escarpadas se apresentam. Os citas as escalam, seguidos pelos outros. De repente, os citas dão meia-volta e os enfrentam. Como ocupam uma posição mais elevada, tornam-se qua-

se invulneráveis. As lanças, as flechas e mesmo as pedras matam facilmente os perseguidores, que não conseguem se defender e ainda por cima estão perdidos. Embriagados com a vitória "fácil", eles não prestaram atenção e não reconhecem mais o caminho. Está vendo? Mesmo o Pequeno Polegar foi mais esperto.

Ele tomou fôlego por um instante, antes de continuar:

— Heródoto escreveu seu livro para tirar a lição da aventura e impedir que os gregos caíssem em tal armadilha: quando não há regras de jogo nem pontos de referência, a nada se chega. Heródoto dedicou-se a compreender o melhor possível, não só a geografia do país dos citas, mas também sua língua e seus costumes. Traduziu tudo para o grego. Mesmo se suas "verdades" não eram as melhores, eram pelo menos úteis para ganhar batalhas. Então, quando diz que nossas verdades são simplesmente hábitos, você tem razão. Mas considere ao menos que esses hábitos podem servir para nos comunicarmos com os outros, e isso é o mais importante. Uma verdade, em história, é como a moral de uma fábula, que funciona mesmo se nos enganamos aqui ou ali. Sem verdades, logo nos vemos completamente sós. É para evitar que isso lhe aconteça que levo seu caso a sério.

— Bela lição, disse o sr. Calvel, pena que não convencerá ninguém. Que acha disso, André?

— Não sei. É muita coisa ao mesmo tempo. Mesmo assim, é estranho essa verdade ser a mesma que a moral das fábulas. Uma verdade à qual se deve obedecer mesmo se não é verdadeira...

— Dois a zero! exclamou o sr. Calvel.

— Uma verdade se corrige à medida que avançamos, replicou o sr. Michelet. É preciso um mínimo de modéstia na vida, Maurice...

— Isso nada tem a ver com a modéstia. Às vezes somos mais humildes quando buscamos um método bem direto do que quando fingimos avançar a passos pequenos. É preciso colocar a questão da verdade antes de cuidar dos detalhes. Chega um momento em que as verdades acumuladas se tornam tão pesadas que não temos mais coragem de fazer nada, e nos acomodamos a elas. Nos resignamos. Se não houvesse garotos como André para nos lembrar disso de vez em quando, adormeceríamos debaixo das nossas certezas. Aplastados! Não cessaríamos de nos tranquilizar repetindo as teses mais gastas. Nos contentaríamos com o que já foi provado.

— Certo, meu velho Maurice, disse o sr. Michelet, mas ao menos evitamos nos deixar levar por revoluções estéreis.

— A revolução faz entrar ar novo na vida! Não estou disposto a morrer de tédio e...

— Acalmem-se, foi obrigado a dizer o diretor.

André constatou que os adultos, às vezes, ainda não resolveram seus problemas de adolescência. Ele escutava sem muito compreender, mas estava convencido de que, com o tempo, também poderia participar dos problemas importantes. Ao ouvir os professores elevarem a voz e terem dificuldade em conservar a calma, ele compreendeu por que as aulas do sr. Calvel acabavam em discussão. Ninguém podia evitar tomar partido.

Era o sr. Calvel que provocava. Ele tinha "o dom" de instigar o sr. Michelet: dava um jeito de mostrar-lhe que há sempre uma pergunta sem resposta na menor das verdades. Era exatamente o que se passara esta manhã. Se o deixassem sozinho, o sr. Michelet teria acabado por polir as arestas até chegar a um acordo satisfatório. Ele encontraria sempre uma verdade bastante geral sobre a qual todos concordam. Havia muitas verdades diferentes entre as quais escolher de modo que todos ficassem satisfeitos: bastava não dar muita importância a nenhuma delas. O método do sr. Calvel, ao contrário, consistia em dar automaticamente *muita* importância à verdade que tinha diante do nariz. Inevitavelmente, ela não resistia ao exame. Quebrava-se. Bastava observar então seu ar satisfeito para ver o quanto adorava quebrar as verdades.

André não podia deixar de ser atraído por ele.

— Está vendo? disse o diretor a André. As perguntas que você fez não encontram resposta rápida. Pode agradecer ao sr. Michelet por tê-lo compreendido. Estamos aqui para perguntar a você o que espera fazer.

— Eu não sei.

— É normal. Em todo caso, pode contar com nossa ajuda, esteja certo disso. Só que é bastante grande para saber que, se causar muita desordem na escola, serei obrigado a ser severo. Não contra você, evidentemente, mas para preservar a escola.

— Entendo, disse André. É uma pena. Eu teria curiosidade de ver o que resultaria de uma crítica generalizada da verdade.

— Resultaria a revolução, disse o sr. Michelet.

— E daí? disse o sr. Calvel. Não se constrói nada de bom sobre velhos hábitos!

— Talvez se possa começar por fazer a revolução dentro de si, disse André.

— É exatamente por isso que está aqui, disse o diretor. Se achar um meio de ser feliz na escola, por que não? Você tem a prova de que alguns professores entendem isso. Mas eles não são muitos! É preciso respeitar os outros também.

— Ao brincar com a verdade, logo se brinca com a vida dos outros, disse o sr. Michelet. A guerra não é necessariamente uma coisa boa, nem para os países, nem para as escolas. A história nos ensina, de todo modo, que a corda sempre arrebenta do lado mais fraco. E o mais fraco, aqui, é você.

— O sr. Michelet e o sr. Calvel me pediram para lhe dar uma chance. Isso lhe interessa?

— Se me interessa?

— Você sabe que pode ser franco conosco, mas deve aprender a ter cautela para evitar os dramas, se quiser continuar por mais tempo com sua pequena experiência...

— Está vendo? disse o sr. Calvel. Sem os filósofos, ninguém lhe faria tais promessas, nem mesmo Michelet... Ele não quer admitir que a filosofia o perturba, mas você

percebe bem que ela o preocupa, já que ele o escutou e continua a escutá-lo.

— Mas aqui, de repente, tenho medo. Completamente sozinho, não chegarei a nada. É preferível que este dia permaneça como um sonho agradável. Procurarei lembrar-me dele. Procurarei sobretudo lembrar-me da amizade de vocês.

— Podemos fazer mais, disse o diretor. Você passará a tarde com o sr. Calvel, se quiser. Ele não dá aulas hoje, e está tentado a discutir com você...

— Ver *nascer* uma vocação de filósofo, percebem? vê-la *nascer*! exclamou o sr. Calvel, que parecia incapaz de falar calmamente.

— Amanhã voltará às aulas e veremos o que vai acontecer. Procure não ficar muito decepcionado, porque afinal estamos lhe propondo uma experiência incomum, percebe? É pela memória de nossa juventude. Nós também tivemos esperança na vida. E, se os professores não despertam a vida, eles não servem senão de polícia. Com o sr. Michelet e o sr. Calvel, terá tido por algum tempo os professores que não tivemos.

— Está bem assim? disse o sr. Michelet.

— Se está bem? Eu gostaria de abraçá-los.

— Apertemos as mãos, isso bastará entre homens.

— Cruz de malta, cruz de ferro, concluiu o diretor. E venha contar-me de vez em quando por onde anda.

André saiu do gabinete em companhia do sr. Calvel.

A vida acabava de lhe dar muito mais do que teria ousado pedir.

As aulas da tarde haviam começado já há algum tempo. Através das paredes, ouvia-se o murmúrio de vozes desconhecidas. Eles saíram sem que ninguém os visse, exceto o guarda, que não se surpreendia com mais nada.

— Primeira pergunta: aonde você quer ir?

— À praia, se for possível.

— Ah! Serei obrigado a dirigir, eu que tenho horror disso. Mas compreendo que na sua idade não se gosta de ficar sentado no terraço de um café. Tem razão.

— Na praia respira-se melhor, e depois o olhar dirige-se para longe, sentimo-nos menos oprimidos.

— Você não tem necessidade de álibi.

O sr. Calvel dirigia menos mal do que se podia temer. Um pouco depressa, talvez, mas com prudência; esticando a cabeça para a frente, por causa da vista ruim. Não pronunciaram nenhuma palavra até chegar. Logo se sentaram defronte ao mar. Reflexos cintilavam ao sol. Cinco ou seis gaivotas vagavam aqui e ali no céu, como é comum se ver nos desenhos de crianças. Flamingos corde-rosa demoravam-se por ali, com as patas mergulhadas nas poças d'água na areia. Algumas criancinhas, acompanhadas da babá ou da mãe, vieram tomar sol por um momento. Tal cenário lhes bastava.

Não sabiam o que dizer para começar. O mais difícil é sempre começar. Há muita coisa a dizer de uma só vez para ter coragem de escolher uma delas e não outra, e pouca coisa tinha sido dita para que se pudesse continuar.

— Tudo bem?

— Tudo bem, senhor. Mas eu estou bastante embaraçado.

— Eu também, se quiser saber.

O sr. Calvel hesitava. Ele ajeitou os óculos que haviam escorregado sobre seu nariz.

— Não se importaria de me tratar por você e de me chamar por meu prenome? Me intimidaria menos e me sentiria menos professor. Não tenho o hábito de falar com garotos. Além disso, não sou seu professor...

— O senhor... Enfim: você não tem filhos?

— Sim, mas jamais precisei discutir com eles problemas importantes. Com eles, é a vida de todos os dias. Não sei se alguém pode ser realmente sério com os próprios filhos, mesmo um filósofo. Nunca fiz essa tentativa.

— Isso o incomoda?

— Sim, certamente. Uma espécie de pudor me retém.

Quero *muito* respeitar a liberdade deles. Ficaria envergonhado se virassem filósofos só para me agradar. A filosofia não é um brinquedo de estimação...

— Talvez o que nos acontece não venha naturalmente. Talvez seja *realmente* uma doença.

— Os filósofos de antigamente, isto é os gregos, faziam como nós. Decretavam que discutiriam por um momento ao sol. Não necessariamente à beira-mar, mas, em todo caso, ao sol. Talvez por isso afirmavam que a sabedoria resplandece como um sol.

— É um modo de falar, não?

— Sim e não. Como impedir que as ideias que nos ocorrem se inspirem no que temos diante dos olhos? Será que teríamos as mesmas ideias se ficássemos junto a uma lareira? É por esquecer a existência das pessoas comuns

que a verdade se endurece e se torna detestável. Ela se fecha em ideias muito gerais: à força de querer dirigir-se a todos, elas não interessam mais a ninguém em particular. Ora, você e eu é que estamos primeiramente interessados nas coisas da vida, não é mesmo?

— É como no serviço militar, que transforma pessoas muito diferentes em soldados todos iguais.

— Ele se tornam *indiferentes*: essa é a palavra, ironizou Calvel, sorrindo.

— É por essa razão que são obrigados a submeter-se a provas para se transformarem em soldados. Quando estão todos misturados, nenhum deles vale mais que qualquer outro. Nada mais os distingue, nem a roupa, nem a aparência, nem o olhar talvez, porque pensam noutra coisa, ou em nada.

— Eles aprendem a não pensar na morte. É para a morte que são preparados, não esqueça; não para a ginástica. Sempre me arrepio ao pensar no esforço que fazem para tornar esses homens belos, sólidos; tudo isso para que uma bala os arrebente...

Hesitou.

— Estou exagerando, disse. Não me leve a sério.

Calaram-se.

— Para a morte... murmurou Maurice, que devia estar pensando nesse ou naquele que morrera na guerra, em seu melhor amigo, talvez, ou em seu irmão.

— A morte não deve poder escolher o soldado que ela mata, porque ela não saberia qual deles tomar. Ela tem de ser equitativa, dar a cada um a parte que lhe cabe. Por que esse e não aquele? Ela hesita menos se todos se assemelham, você tem razão. Ela não vê que este tem uma noiva, aquele um filho, aquele outro uma mãe ou alguém que necessita terrivelmente dele. Ela tampouco vê os que amam mais a vida que os outros. Ela pega ao acaso e, obviamente, está convencida de não ser injusta, já que não escolheu ninguém de propósito. Ela não está presente quando o telegrama que anuncia a notícia chega nas casas... É estúpida, a morte.

— Esqueça-a.

— Num certo sentido, nossos hábitos não agem de outro modo conosco: eles *militarizam* nossos gestos. Não nos matam, não, mas nos tornam triviais. Quer seja eu que vou à escola, ou Antoine, por exemplo, é sempre um aluno que vai à escola. E quando se trabalha? Será importante se é o sr. Ambrosino ou o sr. Cauvet que trabalha no correio? O que importa é chegar a correspondência.

— Você diz isso porque não se preocupa com eles. Se os observasse trabalhar, distinguiria todas as suas diferenças. Quando vemos as pessoas trabalhar, compreendemos facilmente seus gestos. No lugar delas, faríamos com frequência a mesma coisa; ou, se fazemos de outro modo, damos razões. Boas ou más, tanto faz, o importante é que sejam razões: elas dão sentido às coisas. Eis por que as pessoas discutem por um sim ou por um não: na pior das ingenuidades, há ainda tudo o que é preciso para ser inteligente. Só que as pessoas não sabem como fazer para isso. Elas simplesmente não sabem.

— São os filósofos que ensinam um método para isso?

— Pelo menos, é o que eles buscam: como passar de uma vida confusa para uma vida viva. Uma vida viva! E querem que eu não ame a revolução que permitiria isso!

O sr. Calvel pôs-se a rir. Devia estar pensando no sr. Michelet.

— Uma vida viva! Pois há vidas mortas, André, e pior até: vidas *chatas*.

André hesitou por um momento; pensou no ruído engraçado que a palavra "chatas" fizera na boca do sr. Calvel.

— Veja: os hábitos que adquirimos, são eles que tornam a vida comum. Eles nos impedem de nos sentirmos incomodados. Por exemplo, esta manhã, eu fiquei pensando na srta. Allibert, uma vizinha, que todo dia vai à quitanda comprar legumes para fazer sopa. Todo dia a mesma coisa. É algo idiota, e ao mesmo tempo é a sua vida. Ela não poderia viver de outro modo.

— Por isso não deve desprezar ninguém. Ninguém sabe ao certo por que esse ou aquele faz tanto esforço para não mudar nada em seus hábitos. Um hábito é também um sinal que damos. Você foi o primeiro a dizer que sofre de uma doença, não esqueça jamais.

— Então por que me deu vontade de mudar tudo? E por que você teve vontade de me acompanhar? É preciso encontrar algumas boas razões para isso.

— Não é preciso buscar muito longe as boas razões. Quando tínhamos dezoito anos, eu e Francis — o diretor — tivemos uma vontade terrível de mudar o mundo. Havia injustiças demais ao nosso redor! Mas, como tínhamos só dezoito anos, não pudemos fazer grande coisa. Apenas umas manifestações aqui e ali. Mesmo assim, uma vez ou outra passamos a noite na delegacia sendo insultados por policiais que não eram propriamente maus, apesar de nos xingarem: estavam zangados conosco sobretudo por terem de nos vigiar em vez de ir para casa dormir. Mas isso nos marcou suficientemente para querermos nos dedicar o máximo possível. No início, íamos à periferia ensinar a ler os que não tinham escola. Pensávamos ingenuamente que queriam mais instrução. Logo nos desencantamos: eles preferiam ganhar dinheiro para comprar uma moto. Se não conseguiam ganhar o dinheiro necessário, roubavam, sem o menor escrúpulo. Na cabeça deles, nem sequer era roubo. Eles tinham *muita* vontade de ter uma moto, um par de botas ou um blusão. Não podiam se conter. As coisas são assim. Não havia nada a lhes explicar. Tudo para dizer que não tivemos a ocasião de melhorar muito a vida, até hoje. O dinheiro meteu-se em toda parte, e certamente nada se pode fazer quanto a isso. Mas será uma razão para não tentarmos, ainda e sempre, obstinadamente, sem cansaço? Michelet — que concorda com nossas ideias, apesar do que diz — juntou-se a nós quando chegou à escola, sem melhores resultados, aliás. Sem um garoto como você uma vez ou outra, creio que continuaríamos nossa lengalenga de sempre sem revolução, como de hábito.

Ele sorriu.

— É estranha a vida, quando se pensa nela. Por que querer a todo custo que ela tenha um sentido?

— Parece que suas aulas não provocam muito sono. Dizem que às vezes é uma bagunça tremenda.

— O fogo não se apagou, felizmente. Eu teria vergonha de deixar tudo cair, realmente muita vergonha, então faço o que posso para agitar meu pequeno mundo, mas é cada vez mais difícil. Quanto mais há dinheiro, mais a coisa é difícil. Não compreendo que aos dezoito anos os alunos sejam tão dóceis. Tão normais.

— É a filosofia que lhe permite aguentar?

— Sim, porque a filosofia se tornou minha vida, uma

vida que não dorme jamais. Ela se tornou assim aos poucos. Não lembro mais se ela caiu em cima de mim como a você. Mas ela realmente me pegou...

Ele ainda sorria.

— Estou perdido, hoje, irrecuperável!

— Será que os jovens — quero dizer, os que estão vivos — não estão fora da escola? Tenho um amigo, Jean-Baptiste, que é mecânico, por exemplo. Pois bem, embora tenha largado a escola, ele não adormeceu. Adoro discutir com ele, todas as quartas-feiras à tarde, enquanto conserta os carros. Além disso, há os que não encontram trabalho, e que ninguém ajuda a refletir sobre seu futuro.

— Será que faz diferença ir à escola ou não?

— Os que vão à escola aprendem coisas complicadas e as palavras que as acompanham. Acabam por ter diplomas. Têm privilégios, inevitavelmente.

— Razão a mais para lamentar que não se sirvam disso. Sabe, tenho vergonha de ver alguém que banca o entediado. Oferecemos a todo mundo a vida numa bandeja, e há quem diga que não se interessa. Eles não querem sequer se divertir: preferem deixar o tempo passar. Bocejam diante da tevê sem nem saber o que estão vendo. Assistem à tevê, mudando continuamente de um canal a outro como se houvesse alguma coisa para ver. Não sabem mais se deter em parte alguma. Quando uma coisa começa, já estão a escolher a seguinte. Num certo sentido, nunca estão presentes.

— Talvez porque sintam que são obrigados a escolher. Têm medo de ser enganados... Eu, por exemplo, não pedi nada a você. Não pedi nada a ninguém. Se viesse me procurar para discutir, assim sem mais nem menos, eu certamente não o teria acompanhado. Não teria gostado.

— E no entanto...

— No entanto?

— Creio que todo o mundo, um dia ou outro, se depara com a mesma "doença" que você. É como o sarampo ou a gripe: todo mundo pega. A maior parte se previne: como em relação ao sarampo e à gripe: eles se vacinam. Eu, ao contrário, quero que você se torne incurável. Quero, toda vez que tiver vontade de ser banal, que pense nela, em sua doença, ou em mim, e que não ouse nos decepcionar.

— É preciso coragem.

— Paciência, principalmente. Uma boa paciência, bastante teimosa.

— Não é fácil se ver livre da verdade!

— É que ela nem sempre está errada, você bem sabe. Seria simples demais. Gostaríamos tanto que a vida fosse simples. Toda vez que experimentamos uma grande surpresa, como você neste momento, acreditamos que a vida se torna, finalmente, simples. Dizemo-nos então que agora entendemos. Uma espécie de iluminação. Mas a vida é como uma mulher: o mais difícil é conviver por um longo tempo. E é porque não temos coragem de aguentar a duração do tempo que passa que contraímos hábitos. Às vezes nos agitamos, tentamos viver como num sonho, e a volta é ainda mais dura...

Ele hesitou.

— Vou lhe confessar uma coisa. Aos vinte anos, me apaixonei por uma atriz de teatro. Linda! Um amor mais louco do que qualquer ficção. E isso acontecia comigo e com ela também, na mesma ocasião. Como ela era atriz, e eu adoro teatro, recitávamos juntos cenas sublimes. Eu tinha a impressão de que vivíamos mais intensamente do que as outras pessoas. Na verdade, estávamos representando uma comédia um para o outro, sem nos darmos conta. Tínhamos colocado a vida entre parênteses. Eu buscava desenfreadamente nos livros as ideias mais geniais; ela, por sua vez, declamava seus papéis. A coisa, naturalmente, não pôde durar muito. Não nos desentendemos, não: inclusive nos vemos de vez em quando. Ela ainda é atriz. Não nos desentendemos, mas com o tempo a vida nos pareceu triste. Triste de tanto tédio. Não sabíamos mais o que fazer para manter o entusiasmo. Era uma coisa besta. Na verdade, não havia nada a fazer. Por causa do tempo que passa e que consome tudo o que ele toca. O mais difícil, sem dúvida, é viver uma vida *cotidiana*.

— Os historiadores têm sorte: eles vivem na companhia dos grandes homens: Napoleão, Carlos Magno, os reis. Isso lhes dá modelos. Quando acabam com um, passam ao seguinte.

— Tem razão. Aliás, é o que torna a história tão atraente: nela jamais nos aborrecemos. As livrarias estão cheias de livros de história e, sobretudo, de romances históricos, misturando o medíocre aos acontecimentos mais grandiosos. Somos persuadidos de que a aventura está ao nosso alcance. Eu também, quando sonhava com a revolução, aos dezoito anos, queria participar da história. Ficaria orgulhoso se pudesse ter meu nome ao lado do de um grande homem, um herói. Eu teria mudado o mundo, sozinho, talvez. Aos dezoito anos, achava isso possível, ao alcance da mão, sólido. Com o tempo, felizmente, acabei por me tornar filósofo. Quero dizer que passei a preferir a vida comum, a única que se tem, no fundo. Aprendi a viver na companhia das pessoas comuns, e jamais me decepcionei. Veja: você e eu, por exemplo, podemos discutir à beira-mar as coisas mais importantes do mundo, e aqui não há nem professor nem aluno, nem sábio nem ignorante, simplesmente o prazer de passar uma tarde como os melhores amigos do mundo. Fala-se de uma vida "comum", e eis que isso não significa mais banalidade e sim "comunidade". Eis-nos *juntos*. A linguagem tem às vezes tesouros inesperados...

— Certo, mas estamos em situações diferentes, você sabe uma porção de coisas que eu ignoro.

— Quais?

— Conhece o verdadeiro René Descartes, por exemplo.

— E daí? O que sei dele é a verdade que tem a forma de uma resposta, a dos livros. Qualquer um pode abrir um dicionário; contudo, é improvável achar a verdade verdadeira num dicionário. Para descobri-la, é preciso pegá-la de surpresa. É preciso ir ao seu encontro abertamente, sem se envergonhar, porque aqui todos estão no mesmo ponto, os sábios e as crianças. A qualquer idade pode-se ir ao seu encontro. Quanto mais cedo, melhor, num certo sentido, porque ainda não se tem o espírito atulhado de saberes. Pense em nosso caro Michelet! Quão longe está de não saber o que responder!

— Descartes, então, não serve pra nada?

— Serve, sim. Mas serve apenas para nos acompanhar. Qualquer outro filósofo teria o mesmo efeito. Todos são igualmente bons companheiros. De todo modo, muito em breve você verá que não há dois deles que digam as mesmas coisas. A rigor, nenhum que diga a mesma coisa de uma ponta à outra de sua obra. Se me ouvisse, Michelet ficaria encantado! No que toca à verdade, portanto, é um fracasso; é o mínimo que se pode dizer. Ora, isso não me interessa, porque todos, está me ouvindo?, *todos* dizem a mesma coisa, que é a única que conta: *desperte!* Em qualquer um de seus livros, encontrará o mesmo apelo: *desperte!* Basta um pouco de atenção para perceber isso. Cada um tem sua chance: os que querem e os que não querem. O saber é menos importante que a curiosidade.

— Então é inútil ler seus livros?

— Pelo contrário! exclamou Calvel. Com a condição, porém, de lê-los *bem*. Convém jamais esquecer isto: um filósofo é alguém que busca, ao menos tanto quanto seu leitor. Se os ler convencido de que são eles que sabem, você está perdido. É então que mais corre o risco de não compreender nada. Ao passo que, se disser que o filósofo é como você, chafurdado nas mesmas dificuldades que você, então terá uma chance de entendê-lo. Se é obscuro, talvez seja porque é mau escritor, mas sobretudo porque está buscando. Porque busca, ele avança lentamente, engana-se, reconhece o erro, volta atrás, tenta a sorte aqui ou ali, até encontrar um caminho mais claro. Às vezes ele assume um ar sério, mas é porque é tímido diante da vida. Como não o seria? Nunca esqueça que ele está buscando. É de buscar que ele gosta. Ele brinca com a vida. É isso: ele brinca com a vida... Quando ler um filósofo, imagine sempre que ele está sorrindo para você. Os verdadeiros filósofos são crianças crescidas, que a vida inteira se fazem as perguntas que as crianças se fazem.

Parou um instante, pensativo. Pouco depois, murmurou, como se tivesse esquecido a presença de André:

— Deixai vir a mim os pequeninos...

— Que está dizendo?

— Nada. Vamos em frente. Quero lhe fazer uma nova

confidência. Quando cheguei ao último ano do colégio, o professor de filosofia era a seriedade em pessoa. Um gênio, mas sério. Eu preferiria ser fulminado a lhe fazer uma simples pergunta. Eu o escutava do fundo da classe, às escondidas, para que não me observasse, mas não perdia uma migalha do que nos ensinava. Ele nos encorajava a ler os filósofos, "*qualquer um*", dizia, "*contanto que jamais percam a coragem de os ler e reler*". Num sebo, eu havia comprado por uma bagatela um livro que me impressionara: *O ser e o tempo*. Tinha uma bela capa e seu título me intrigara: "o tempo", a rigor, eu imaginava o que era, mas "o ser" tinha um ar misterioso que me fascinou. Estava orgulhoso de ter um livro cujo título era estranho. Mas, quando fui ler, não entendi nada, absolutamente nada. In-com-pre-en-sí-vel. Inteiramente incompreensível, tanto assim que, quando me sentia muito desanimado com a vida ou com os exames a fazer, eu lia alguns parágrafos até cair na gargalhada de tanto que não compreendia nada. Parecia uma charada. Está vendo que eu já me habituava a passar meus momentos de desânimo com os filósofos. Até o dia em que, um ou dois anos depois, não lembro mais, notei que era capaz de decifrar várias páginas seguidas. E de compreendê-las! Percebe? Várias páginas seguidas! A coisa acabou por me entrar na cabeça. O filósofo que tanto me fazia rir se tornara meu amigo. Era até muito belo o que ele dizia...

— Acha que eu poderia fazer o mesmo?

— Somente você pode saber. Não posso saber mais o que se passa na cabeça de um garoto de sua idade. Em sua idade, eu só pensava em galopar na fantasia. Eu era bastante selvagem. Lia sobretudo romances de aventuras. Depois, sim, li bastante os filósofos. Eles me acompanham. Não posso impedir que entrem mais ou menos em nossa conversa, por exemplo.

— É inevitável.

— Em todo caso, o que estamos fazendo juntos é realmente filosofia, posso garantir.

— Seria preciso escrever um livro menos difícil que o seu, que se pudesse recomeçar a ler quantas vezes se quisesse. Um livro propositalmente um pouco difícil aqui e ali, para que se tivesse a ocasião de refletir sobre essa ou aquela passagem. Haveria aqueles que passariam por cima e aqueles que se demorariam um pouco mais. Não sei. Os romances me cansam logo. Quando descubro o enredo, eles me interessam cada vez menos. Além disso, percebe-se que os autores fazem um esforço danado para ser simples... O que quer dizer "simples"?

— Em filosofia, deveriam se escrever *pensamentos*. Um pensamento é uma pequena frase, ou um pedacinho de texto que se tem vontade de levar consigo, um amigo portátil, de certo modo. Conheço alguns de cor. Este, por exemplo: *"Quando se é jovem, não se deve hesitar em filosofar, e, quando se é velho, não se deve abandonar a filosofia, pois ninguém é demasiado jovem nem demasiado velho para cuidar de si. Dizer que é muito cedo ou muito tarde para fazer filosofia, equivale a dizer que a hora de ser feliz ainda não chegou ou que ela já passou..."*.

— É seu?

— Infelizmente, não; é de um grego. Epicuro. O que ele diz não é nem verdadeiro nem falso. Não há nada nesse pensamento que se possa dar como certeza. Epicuro não diz o que é a filosofia, ele diz sobretudo que é preciso fazê-la. A filosofia é algo que se faz. Por isso ela pode convir tanto aos jovens quanto aos velhos, tanto a você quanto a mim, tanto aos sábios quanto aos ignorantes, cada um segundo seu talento e suas capacidades. Em sua frase, há lugar para todo mundo. Basta mostrar-se curioso. Não é a mesma coisa que fará você feliz, e a mim feliz... Por seu lado, Epicuro nos encoraja a ser felizes, e nós, do nosso, precisamos buscar saber como e com quê.

— Podemos ser felizes *juntos*. É o que nos acontece.

— Ah, sim! Já é muito. Acho que encontraríamos algo de proveitoso em qualquer filósofo sincero.

— Como se explica que meus colegas prefiram os filmes policiais, ou a tevê, ou o futebol, ou os quadrinhos? Por que nenhum filósofo escreveu para os jovens? Para mim?

— Na sua opinião?

— Porque mudaria demais os hábitos?

— Não precisa ir muito longe, você descobriu!

— É muito triste.

— Mas é preciso lidar com isto. Enquanto conversamos estamos fazendo o que os outros não fizeram. Às vezes basta a simples palavra "filosofia" na capa de um livro para afugentar as pessoas.

— É preciso pegá-las na armadilha sem que o percebam.

— Sim, mas não basta pegar os peixes; também é preciso conservá-los.

— Antoine, talvez... André murmurou consigo mesmo.

— Antoine e todos aqueles a quem você acha que não está fazendo nada, e cuja vida, no entanto, você está transformando. Às vezes basta um certo sorriso, um certo olhar. Não se faz filosofia para si; faz-se para os outros. A filosofia é algo que se discute! Você faz filosofia para mim, para Antoine, e eu para você. Nunca se sabe realmente a quem se fala. Por isso nunca devemos desanimar: aquele a quem se fala é talvez o próximo, o que se aproxima, o que ainda não prestou atenção. Veja um exemplo: Michelet. É a mim que ele foi buscar quando sentiu que era importante discutir com você. Quero dizer que é a filosofia que ele veio buscar, mesmo se zomba dela sempre que pode. É que ele percebe que ela não é tão nula quanto parece! Em vez de dizer simplesmente que ia puni-lo, convenceu-se de que era preciso, ao contrário, levar mais longe sua curiosidade. Se não lhe tivesse restado nem uma pontinha de filosofia num canto da cabeça, nem eu nem você estaríamos aqui. Quase todo ano, em classe, há dois ou três alunos que despertam e que se dão conta de que só estavam esperando por isso...

— Dois ou três é muito pouco... Os que veem tevê são bem mais numerosos. E a tevê é que fala às crianças, não a filosofia nem os filósofos. Em todo caso, eu nunca os ouvi. A tevê é besta, mas pelo menos a gente escuta.

— A tevê infelizmente é uma máquina para distrair as pessoas, para fazê-las pensar noutra coisa. Mesmo quando mostra a verdade verdadeira. Mesmo nesse caso ela produz espetáculo. As pessoas pedem para que ela as faça pensar em qualquer coisa, contanto que seja noutra coisa. A rigor, lhe pedem simplesmente para ensiná-las como não pensar.

— Entretanto, não deve ser impossível ver tevê e ser inteligente. Você também vê tevê, não?

— Meio distraidamente...

— É como se a tevê servisse, em primeiro lugar, para encerrar as pessoas no maior número possível de hábitos.

— Sem dúvida...

— As novelas, as propagandas, até os noticiários da noite não param de repetir a mesma coisa. Sobretudo a morte. O esporte e a morte. Dá uma mistura engraçada. Há tantas mortes na tevê que acabamos convencidos de

GUERRA
©VERITAS MUNDI
ZAP
PAX
BOF
ZZZAPP

que nada é grave. Os filmes mostram uma morte de cinema. O telejornal mostra a morte a sério. Mas qual a diferença, se vemos sempre o mesmo na mesma tela? É uma droga da qual ninguém se cansa, que se volta a procurar. Mais. Mais. E mais. Em câmera lenta, se quisermos, para perceber melhor os gemidos, o sangue...

— É triste...

— Como não se pode mudar a tevê, seria preciso talvez aprender a compreendê-la de viés. Em classe, se não escutamos, ou se fazemos besteiras, somos mandados pra fora — enfim, por hábito! Mas a tevê, se não a escutamos, ela é que é punida. E se, em vez de a olharmos, olhássemos pela janela?... O que a filosofia diz da tevê?

— Nada. Certamente nada, porque a única coisa que poderia dizer é para não vê-la. Ela sugeriria preferirmos o rosto do nosso vizinho. Não o rosto filmado dos infelizes que os jornalistas vão buscar em toda parte, mas o rosto desconhecido do homem que passa na rua.

— A televisão transforma tudo em fantasia. É um jogo sujo, um jogo do qual não se consegue mais sair depois que se começou.

— Seria preciso ver as coisas pelo avesso. Seria preciso que a vida que imaginamos se tornasse o modelo da verdadeira vida. De certo modo, é o que a filosofia pede: busque a vida que quiser, e aprenda a viver a sério.

— Isso é política, Maurice.

— Ah sim! Voltamos sempre a ela, e é disso que as pessoas têm medo quando se põem a refletir dez minutos. É porque ela não é sincera que precisamos mudar a vida, embora, se conseguíssemos torná-la mais "vivível", teríamos menos necessidade de mudá-la.

— É preciso fazer a revolução?

— Quando não se pode fazer de outro modo...

— Não é justo!

— Cá entre nós: será que você e eu estamos fazendo a revolução neste momento?

— Não nas ruas, evidentemente, mas na minha cabeça, sim. Estou completamente subvertido.

— Você lamenta?

— De jeito algum. Como lamentar o fato de estar feliz, mesmo um pouquinho? Eu estou feliz, Maurice.

— E se todo o mundo fizesse como você? Se, esta manhã, todos tivessem despertado deixando de acreditar nas verdades ordinárias? Se ninguém mais quisesse ver os jogos imbecis e as novelas estúpidas? Todos. De repente!

— Haveria uma revolução, sem dúvida!

— Chegamos ao ponto. Veja que voltamos sempre ao mesmo ponto.

— A cara que fariam os da tevê se ninguém mais olhasse pra eles! Seria gozado. Infelizmente, isso é impossível.

— Você compreendeu tudo.

— Então não há nada a fazer?

— Há a fazer o que eu e você estamos fazendo. Resistir. Às vezes acontecem milagres. Raramente, mas acontecem. No momento da Revolução francesa, por exemplo, Luís XVI era certamente um dos reis mais poderosos de todos os tempos; muito poderoso, enfim.

Porque não se deu conta da miséria das pessoas, porque tinha necessidade de cada vez mais dinheiro, e porque fez coisas erradas demais, ele acabou por se ver sozinho no trono. Absolutamente sozinho. Sem amigos, sem conselheiros, sem partidários, sem exército, sem polícia, sem nada. E o maior dos reis, sem sustentação, não é mais poderoso que o mais fraco de seus súditos. Eis como a Revolução foi possível.

— Não custaria nada, se cada um desligasse sua tevê.

— O mais engraçado é que os que conseguiram que Luís XVI fosse despojado de seus poderes eram os primeiros a achar que isso não era possível. Imagine: que o rei não fosse mais defendido por ninguém! Impensável! Eles não estavam preparados para tomar o lugar do rei, a tal ponto estavam convencidos, eles também, de que um rei tem sempre alguns partidários, alguns guardas ou algumas tropas do exército para sustentá-lo. Mas nesse caso não havia ninguém. E de uma só vez. No país inteiro.

— Não está exagerando?

— De modo algum! Pergunte a Michelet: ele lhe dará detalhes até se fartar. Quanto a mim, limito-me a mostrar o acontecimento completamente nu: tanto faz se ele é chocante. Eu também preciso utilizar a história. O mais engraçado desse caso é ainda o que aconteceu aos líderes revolucionários. Como não sabiam onde agarrar esse poder que lhes caía diretamente nas mãos, saíram em busca das ideias que poderiam ajudá-los a compreender a situação. Foi nesse momento que passaram a ler Rousseau, Diderot, Montesquieu. Até então, ninguém os lia. As pessoas eram como hoje, preferindo ler os livros vulgares ou preferindo não ler simplesmente, mesmo quando tinham o privilégio de estudar. É quando as coisas ficam sérias que vão buscar os filósofos. Mas só vão buscá-los quando é muito tarde, quando os acontecimentos se movem tão depressa que não se consegue mais dominá-los. Eis por que dizem que os filósofos são maus conselheiros. É que vão buscá-los quando nem eles nem ninguém pode fazer mais nada. É antes, quando não há urgência, que se deveria escutá-los. Depois, é muito fácil dizer que a culpa é de Voltaire ou que a culpa é de Rousseau.

— Mas será que não se poderia forçar as pessoas? Você, que é professor, não pode dar a seus alunos deveres e lições que os obriguem a compreender sua situação?

— Não se pode obrigar ninguém a ser salvo. Primeiro, há os que não querem. Qualquer um tem o direito de preferir o futebol ou a tevê. Qualquer um, percebe? Depois, não adiantaria nada. Pense bem: quando você não está interessado na aula, quem pode obrigá-lo a escutar?

— Ninguém.

— É porque você está interessado que podemos discutir. Imagine que esta nossa conversa estivesse escrita num livro: quem poderia obrigá-lo a ler? E a ler até o fim? E a ler atentamente, com prazer? Quem poderia proibi-lo de afastar o livro antes de esquecê-lo num canto?

André pensou na sra. Rougier, que não lia seus deveres, ou que os lia superficialmente, mesmo quando ele fazia um esforço danado para expressar o que tinha no coração.

— Eu sei bem, disse ele. Por isso nunca serei escritor. Ninguém lê os escritores. A rigor, leem-se as histórias que eles contam. Não se leem seus pensamentos.

— Isso acontece às vezes, mas não devemos desesperar. O que você teria feito se, em vez de viver, tivesse lido o que lhe acontece desde hoje de manhã num livro, supondo mesmo que não o tivesse fechado imediatamente quando viu a palavra "filosofia" inscrita na primeira página?

André permaneceu em silêncio.

— Pois bem, vou contar uma outra história, pois é com pedacinhos de histórias que fazemos o mundo avançar.

Ele juntava suas ideias, mas, no momento de começar sua história, pôs-se a rir abertamente.

— Estou rindo porque essa história também se passa numa sala de aula. É um absurdo a quantidade de coisas que acontecem numa escola! Quero dizer que a escola não para de se ocupar de nós. Muito mais do que se imagina. Mas vamos em frente. Foi no curso de filosofia, quando eu ainda estava convencido da importância do trabalho, mesmo em filosofia. Eu lia tudo o que me caía nas mãos — não *O ser e o tempo*, que evidentemente não compreendia, mas toda espécie de outros livros. Portanto, eu lia e copiava cuidadosamente o que o professor nos dizia. Eu estava fascinado. Nas margens do caderno, desenhava um pequeno sinal toda vez que estava especialmente de acordo com ele e podia jurar que o que dissera era *verdadeiro*, verdadeiro de verdade, tanto que eu teria brigado para defender essas ideias. Para mim, havia, de um lado, as grandes ideias, as que transformam o mundo, e, de outro, as pequenas, as que vagavam sozinhas em minha cabeça. Eu tentava substituir minhas pequenas ideias pelas grandes ideias do professor. Em suma, queria ser alguém importante.

— Queria ser *grande*...

— Exatamente. É uma prova de que eu era um imbecil. Queria ser um herói do pensamento, assim como outros o são da guerra. Em todo caso, acreditava piamente que nós podíamos treinar o pensamento como treinamos os músculos. Ora, com esses métodos, somente adquirimos maus hábitos. Mas retorno à minha história:

um dia, precisei apresentar uma dissertação sobre a felicidade. Não lembro mais o tema exato, mas lembro que procurei como um doido demonstrar que a felicidade não existe, que é demasiado pura, demasiado bela, para que algo na terra se pareça com ela. Eu não gostava da ideia da felicidade. Queria uma felicidade *verdadeira*, e não sabia ainda que a felicidade é sobretudo comum, é como o que se passa entre nós neste momento. Em realidade, em minha dissertação, eu copiara todas as ideias do professor, a começar pelas que achava mais geniais. Eu, que não ousava abrir a boca em classe, procurava dizer-lhe por escrito que estava de acordo com o que ele nos ensinava.

— Como um papagaio.

— É mesmo. Só que o importante não é isso. Em certo momento, em minha dissertação, me vi num aperto. Não sabia mais como seguir adiante em meu pensamento. Eu tinha *necessidade* de explicar que as obras de arte e, em particular, a música, podem nos fazer felizes à sua maneira. Essa ideia me viera ao espírito e eu não conseguia afastá-la. Ora, o professor nada nos falara a esse respeito. E, principalmente, eu via que minha história de que a felicidade não existe era um pouco balela, já que a música conseguia me fazer feliz, a mim. Eu não queria ser feliz e a música, como uma doença, me fazia feliz sem que lhe pedisse nada. Para me safar, escrevi o que me passava pela cabeça. Inventei essa felicidade que a música produz. Mas de um jeito que ninguém percebesse. Quase ocultei minhas ideias no resto da dissertação, convencido de que o professor não notaria. Como ele raramente fazia observações nas margens, achei que se contentava em ler rapidamente, apenas para ter uma ideia geral, e que isso lhe era suficiente para dar a nota.

— É exatamente o que faz a professora de francês, disse André...

— Ora, o que eu não tinha entendido é que, se ele não fazia observações, é porque eu repetia o que ele nos dissera, e isso não o interessava. O que ele queria é que tentássemos, antes de mais nada, pensar por nós mesmos. Assumindo os riscos. Não importam os erros! Assim, ele foi diretamente ao ponto e sublinhou com lápis vermelho as poucas frases que eu inventara sozinho. No meio do texto, via-se apenas isso, por causa do vermelho. E mais: ele o mencionou em voz alta diante de todos, quando devolveu as redações. Eu não sabia onde me esconder. Vi minha redação passar de mão em mão e cada aluno decifrar *minha* ideia, indagando-se o que ela podia ter de tão extraordinário. Um verdadeiro suplício! Toda vez que devolvo uma redação, ainda hoje, ouço a voz do professor me chamando. A cada nome que enuncio, ouço: *"Calvel! Quem é Calvel? Que admirável reflexão. Bravo!"*. Ah! esse "Bravo"! Como me foi difícil, na hora!

Mas, se estou diante de você, é graças a esse "Bravo" que mudou minha vida. Ainda há pouco, no gabinete do diretor, eu continuava a ouvir aquele "Bravo", bem alto. Bravo! Bravo! Eu também me dizia que, de vez em quando, poderia dirigi-lo a alguém. Tudo isso para dizer que um bom leitor encontra no que você escreve a frase secreta que escondeu. Razão a mais para perseverar. Eu gostaria de dizer: até a morte, mas quase nem ouso. Se essa perseverança não valesse os maiores sacrifícios, não haveria escritores e a vida seria certamente impossível de viver.

— Mas a sra. Rougier me escreve sempre que é inadmissível...

— Qual a diferença? Sem perceber, ela o incita a ser ainda mais sincero, até que ela ou outro qualquer acabe percebendo, contra sua vontade, que as palavras que você escreve são mais fortes que as convicções mais enraizadas.

— Ser escritor é muito difícil.

— Se alguém quisesse escrever filosofia para jovens, saiba que os primeiros a se assustar seriam certamente os professores encarregados de recomendá-la a seus alunos. Quem tentasse essa experiência teria de esconder em seu texto algumas frases para os professores. Teria de tranquilizá-los, cativá-los, afagá-los, *amá-los*, dizer-lhes que a filosofia não é tão terrível assim, e que,

se às vezes ela diz que é preciso fazer a revolução, diz principalmente que podemos ser felizes ao partilhar nossos pensamentos com os outros homens. Nosso "escritor" teria de recordar aos professores como eles se alegravam quando eram alunos e um professor lhes despertava o interesse, até mesmo contra sua vontade. Teria de lembrar-lhes que, se hoje são professores de francês, é certamente porque um outro professor de francês os estimulou. O mesmo vale para a história, para a matemática e para tudo. Teria de perguntar-lhes em nome de quê se arrogam o direito de impedir seus alunos de fazer filosofia. Teria de convencê-los de que nunca é muito cedo nem muito tarde para ser feliz por pensar. Teria de colocar a frase de Epicuro bem no meio do livro e pedir-lhes que a relessem dez, cem vezes, toda manhã. Teria de pedir-lhes para observar bem o sorriso de seus alunos quando descobrissem que podemos lhes falar da vida. Por causa de um livro.

— Isso é impossível.

— Nem sempre terá de lidar com a sra. Rougier...

— E se não quiserem ler? Se preferirem a tevê, ou o judô, ou a bicicleta, ou se não quiserem nada?

— É sempre a mesma coisa, André. Não se pode obrigar as pessoas a ser felizes; nem os adultos, nem as crianças. Talvez fosse preciso pôr desenhos no livro para despertar a curiosidade, não sei.

— Se não sabe, quem saberá?

— Você. Ou outro qualquer: Antoine, talvez, pouco importa. Aquele que se der conta de que é obrigado a escrever tais livros. Você não quer ser escritor. Então, não será você, mas talvez alguém que ainda não conhece e que, por sua causa, se lançará à tarefa. Aquele que não gosta dos livros é, em primeiro lugar, aquele que ainda não encontrou o livro que lhe falará, a ele, em pessoa. Às vezes os livros falam de outros livros, e é quando lemos esses outros livros que descobrimos nosso caminho. É muito misterioso.

— Somos obrigados a ler os livros de filosofia?

— Num certo momento, sim. Creio que sim. O que é preciso, em todo caso, é não se forçar, nem forçá-los. Há dias em que os livros não querem nos falar. Sacudimo-los, e eles permanecem mudos. É que chegou o momento de fazer outra coisa, de jogar bola, por exemplo, ou de nadar. Livros ajudam a refletir. Mas não se pode refletir a qualquer hora. Enquanto se joga futebol, ou se dirige um caminhão, ou se trabalha na fábrica, ou se está na guerra, ainda não é o momento de refletir. O carpinteiro deve fazer seriamente sua mesa e a criança, praticar seriamente sua natação. Depois, há os que continuam a se distrair. Quando o trabalho termina, vão ao bar ou lá sei onde. Ficam vendo tevê ou bebendo cerveja ou comendo biscoitos. Acham que ver tevê é fazer alguma coisa. Bem, e depois há os que buscam compreender as razões do que fizeram: por que trabalham, por que gostam de nadar, por que conduzem seu caminhão desse ou daquele jeito etc. Estes têm necessidade de parar para refletir, para pôr em ordem suas ideias. Enquanto fazem isso, parecem estar fora da realidade. Na verdade, são eles que *fazem* mais coisas, já que tentam saber o que é justo e o que está errado em seu trabalho e em sua vida. Eles querem enxergar mais longe que a ponta de seu nariz. Para evitar fazer a revolução na rua, começam por fazê-la em sua cabeça, enquanto não é demasiado tarde. Os filósofos não fazem outra coisa. Já há algum tempo estamos aqui, eu e você, sentados no mesmo lugar. Alguém que nos observasse poderia apostar que não fizemos nada. A alguém que escrevesse nossas palavras num livro, poderiam censurar que nada acontece em seu livro. Haveria até quem jurasse que esse livro é enfadonho. Alguns diriam que sabem do que se trata sem precisar ler o livro. Teriam lido o que se escreve na contracapa, para dar vontade de comprar o livro, e lhes teria sido o bastante para não ter a menor vontade, *argh, argh, argh.* É por isso que a maior parte das pessoas se recusa a ler os livros de filosofia: acham que neles não acontece nada. Ora, esses livros estão cheios de anedotas, que são como os pensamentos, pequenos trechos de ação colocados num lugar apropriado para fazer avançar a reflexão. Vou lhe contar uma delas, para mostrar que os filósofos não são necessariamente pessoas fora da realidade.

Parou um segundo para tomar fôlego, mas, ao mesmo tempo, para criar um pequeno suspense.

— Esta também se passa na Grécia. Existiu um filósofo chamado Tales. É conhecido porque deixou um teorema de geometria, mas isso não é o importante. Zombavam dele porque vivia olhando as estrelas, para compreender como elas funcionam. Censuravam-lhe não se ocupar da "verdadeira" vida, a das pessoas que trabalham e têm preocupações mais sérias do que olhar as estrelas. Pois bem, num certo ano, ele observou em suas estrelas que o clima seria favorável por um longo tempo. Mas o tempo, no momento em que fez essa observação, estava péssimo, terrível. Todos os agricultores estavam desanimados. E não é que nosso amigo Tales, em pleno inverno, reservou para si só todos os moinhos de oliva da região, todos, sem exceção? Não havia quem não zombasse dele, dizendo que era bem coisa de filósofos, que reservam os moinhos de oliva justamente no ano em que quase não haveria olivas e ninguém teria necessidade dos moinhos. Tales perseverou. Evidentemente, o que ele previra aconteceu: o tempo melhorou e a colheita de olivas foi mais abundante que nunca. Não sabiam o que fazer com tanta oliva. Infelizmente, nenhum lagar estava livre, pois Tales havia reservado todos. Suplicaram-lhe que cedesse os moinhos. Fizeram-lhe ofertas mirabolantes, a ponto de ele ganhar uma fortuna alugando seus moinhos. Foi nesse momento, certamente sorrindo, que ele lembrou aos camponeses envergonhados que não é inútil observar as estrelas, e que ver mais longe que a ponta do nariz pode às vezes ser muito proveitoso.

— Eis uma boa lição de filosofia.

— Sim. Tanto é que, para mostrar que era apenas uma boa lição, e para evitar que ficassem com inveja,

Tales devolveu todo o dinheiro que havia ganho com as olivas. Mesmo do dinheiro ele não tinha necessidade.

— Nem todos concordariam com isso!

— Não compreenderiam, certamente. Mas lembre-se dos que foram procurar Rousseau e Diderot quando a Revolução já tinha deslanchado a ponto de não se poder fazer outra coisa senão assumi-la. Há muito que Rousseau, por exemplo, escrevera seus livros — que quase ninguém havia lido. Se o tivessem lido, em vez de considerá-lo um pobre sonhador, Luís XVI e seus ministros poderiam ter tirado uma boa lição. Com as olivas de Tales não era muito grave, mas as revoluções e as guerras provocam catástrofes bem piores. Elas devastam e matam, cometem mil atrocidades irreparáveis. As pessoas acabam por se odiar sem razão, simplesmente porque é muito tarde e o mal está feito. Tales podia devolver o dinheiro das olivas, mas ninguém pode ressuscitar um morto. Muito menos cem mil mortos! Em vez de ver isso na tevê, lamentando sobre o que se poderia fazer, ter-se-ia feito melhor refletindo antes. Mas não, antes todos se agitavam, ninguém queria "não fazer nada", como se reprova aos filósofos. Ah! de súbito, sim, a guerra provoca agitação. Todos correm, se inquietam, e de um modo diferente que ao ver o futebol na tevê!

— Que se pode fazer nesse caso?

— Nada.

— Não é grande coisa!

— Pode um filósofo aparecer de outro modo que não como um tagarela, quando defende sua causa? Não dá a impressão de que suas ideias se precipitam e se confundem, quando treme de urgência?

— Mas, e se ele se cala?

— Se ele se cala...

Maurice Calvel assumiu um ar desiludido.

— Temos o hábito de dizer que alguma coisa acontece quando a sociedade se ocupa de nós. O trabalho, é a sociedade que tem necessidade dele, não os homens. Os homens gostam de fazer biscates, não de trabalhar. Dizem que os filósofos não fazem nada, porque percebem claramente que o que eles fazem permanece à margem do que é obrigatório. Poderiam jurar que eu e você, aqui, não estamos trabalhando. E, num certo sentido, é verdade. Ler um livro tampouco é um trabalho. Para sentir que "trabalham", as pessoas têm necessidade de sair de casa, correr até o ônibus ou o trem, agitar-se, enviar encomendas ou cartas, digitar no teclado dos computadores, entrar numa loja, sair, apertar parafusos na fábrica, ir e vir, sempre olhando o relógio e, claro, queixando-se longamente. Compreendem que ficar sentado significa não fazer nada, nesse caso. Quando a coisa se deteriora é que se vê claramente que os que dizem que *fazem* alguma coisa o fazem contra sua vontade, enquanto os que não fazem nada, na verdade, puderam escolher sua ocupação.

— É o mundo às avessas.

— Exato. Assim, é normal que os que têm uma vida nem um pouco agradável se julguem libertos, à noite, quando se estendem diante da tevê. Eles acreditam que escolhem o que veem, e, na realidade, é a tevê que escolhe por eles. "*São vinte horas*", dizem, "*algo de importante vai se passar, senhoras e senhores, pois são vinte horas*". Ora, pensando bem, por que *deveria* se passar algo de importante todos os dias? É idiota. Quanto mais o que se apresenta às pessoas é o oposto do que vivem, mais elas estão convencidas de que o escolheram. Por que se paga tanto aos jogadores de futebol ou às atrizes de cinema, senão porque eles fazem em nosso lugar o que gostaríamos de fazer e não conseguimos, justamente porque devemos levantar cedo para trabalhar? Eles são pagos para nos fazer sonhar. Colocamo-nos no seu lugar, imaginamos que estamos em seu lugar. Eles são nosso espelho. Como não sabemos inventar a vida que realmente nos agradaria, deixamos os outros decidirem isso por nós. Fazemos como se já fosse parte da história. E, nesse ínterim, o tempo passa. Passa e morremos sem ter vivido por nós mesmos. Mesmo depois de nossa morte, o tempo continua a passar sem se ocupar dos que permanecem em nosso lugar.

— É triste o que você diz.

— Sim, é triste, mas que outra coisa você diria?

— Você mesmo disse: DESPERTEM!

— Por isso continuo a remar contra a corrente. Por isso quis discutir com você. Por isso estou feliz de podê-lo fazer. Mas sempre, a cada vez, me deparo com a mesma dificuldade: cada um é livre para fechar o livro em vez de perseverar.

— Será realmente muito difícil, para uma criança, o que estamos dizendo?

— Sim e não. As histórias que lhe contei não são difíceis. Talvez não sejam vivas o bastante, se não têm a força de arrastar atrás de si alguns homens capazes de tomá-las como exemplo. Todos compreendem por que Tales se mostrou engenhoso, mas nem todos querem se mostrar engenhosos. Todos gostamos de deixar os outros agir e escolher a verdade por nós; é sempre mais fácil, pois, se se enganarem, são eles que pagam. Cortam-lhes a cabeça, a menos que prefiram votar num novo presidente e recomeçar com um novo candidato. Na verdade, o difícil é querer se assumir...

Calvel calou-se por um momento.

— Deve ser isso, sim, contentou-se em acrescentar num murmúrio.

André pensou em Jean-Baptiste, no quartel. Ninguém quer prestar o serviço militar, é verdade. Mas, quando estamos lá, só resta deixar-nos levar pelo movimento. Se não formos, os guardas vêm nos buscar e nos levam à força. De um jeito ou de outro, vamos: portanto, é mais simples ir logo. E, enquanto pegam nossas roupas para substituí-las por um uniforme, enquanto nos raspam a cabeça ou nos fazem correr num campo com capacete e fuzil, obedecemos, todos passam pelas mesmas provações. É o que acaba por criar boas lembranças: o fato de jamais estarmos sozinhos contra todos, o fato de estarmos ao lado de companheiros. A liberdade jamais foi posta em questão. Sim, chefe. Sim, chefe. Resta apenas dizer sim.

Acontece o mesmo quando alguém se alista com o propósito claro de obedecer, como fazem os legionários, por exemplo. Também aí as pessoas se atiram de cabeça, para não pensar em si, justamente. Parece que aos legionários não pedem nem mesmo o nome. Pedem-lhes apenas que se apresentem. Ponto final.

Como na tevê, num certo sentido. Somos o "*prezado telespectador*", não importa quem sejamos, contanto que estejamos presentes na hora das propagandas para devorá-las. Algumas vezes, temos o direito de telefonar. O apresentador pergunta o nome, mas ele se diverte, pouco lhe importa se nos chamamos Alfredo ou José. Ele zomba do nosso nome. Tudo o que ele quer é que estejamos presentes na hora da propaganda, pois é ela que dá o dinheiro com que lhe pagam. E o que nos diz a propaganda? Ela nos diz: "*Comprem todos o mesmo xampu*" ou "*a mesma pasta de dentes*" ou "*o mesmo biscoito*". A tevê é uma espécie de serviço militar que todos gostaríamos de fazer porque, em vez de nos pegar à força, ela nos pega pelo prazer. Aos poucos, bebemos todos a mesma coisa, vestimo-nos todos do mesmo modo, amamo-nos todos da mesma maneira. Basta olhar para encontrar exemplos. E, o que é mais importante, em vez de estarem todos juntos, cada um está em sua casa. Completamente só, cada um diante de seu aparelho. Os pais nos mandam calar a boca, psiu, dizem eles, meio impacientes, quando falamos ao mesmo tempo que a televisão, mesmo se o que estão ouvindo não lhes interessa. É preciso que a coisa jamais se interrompa, que a televisão fique ligada mesmo quando saímos do aposento, ou quando comemos, ou quando dormimos, para podermos nos ligar melhor quando voltarmos. É por isso que ela não para de se divertir à nossa custa. Ela nem mesmo quer que sejamos estúpidos, ela quer que sejamos nada.

Ela nos mostra um sonho obrigatório, em que as pessoas devem ficar contentes com os carros que lhes vendem, com as guloseimas que lhes vendem, e por aí afora. Por exemplo, os condicionadores de cabelos. Vemos sempre os melhores, CLIO, ou NETT, ou NEOCOLOR, ou WIKS, ou PLAX, "*a verdade de seus cabelos*"; só o pro-

E AQUI ESTÁÁÁ A ENCANTADORAAA CANDIDATAAA...
JOSIANE!
HMMM... BELOS CABELOS!
ELA USA PLAX!
PRIMEIRO, UMA PERGUNTA MUITO IMPORTANTE...
PRONTA?
COUCOU!
QUAL ERA A COR DO CABELO BRANCO DE LUÍS XVI?
QUE NÃO CONHECIA PLAX! COITADO...
EUH...
BRANCO? VOCÊ DISSE BRANCO?
BRANCO? CERTO!!! BRANCO! BRANCO!
VOCÊ GANHOU! PODE COMEÇAR A CHORAR!
BRAVO!
MAIS UM MOMENTO DE EMOÇÃO OFERECIDO POR PLAX, A VERDADE DE SEUS CABELOS!
PLAX
UMA EXCLUSIVIDADE DE VERITAS MUNDI, A TV DAS VERDADES!

duto tem o direito de dizer seu nome. Só ele tem um nome. E, ao lado dele, miserável, cinzento e tristonho, há o "*condicionador comum*", ou o "*xampu falso*", ou qualquer outra coisa. Às vezes, o infeliz "*condicionador comum*" chama-se X ou Z, mas sempre nos dizem que está ultrapassado, tão ultrapassado como aquele que perdeu seu emprego e a quem fazem compreender que não serve mais para nada. Até então ele funcionava bastante bem, mas agora descobriram um melhor. E se mesmo assim quiserem o condicionador X? Apesar de tudo, ele era bastante apreciado antes. Como fazer para reconhecê-lo, se não tem mais nome? Tão difícil quanto reconhecer Jean-Baptiste entre seus companheiros de quartel. Vistos de longe, são todos iguais, e, se não viessem nos sorrir de quando em quando através de uma grade, acabaríamos por esquecê-los. Como os legionários: quando morrem em combate, não há ninguém para avisar. Estão mortos, é tudo. Nada ou quase nada lembra que eles eram homens, nem mesmo um monumento aos mortos, nem mesmo ao soldado desconhecido. Nada. A verdade transforma tudo em coisa.

O sr. Calvel continuava em silêncio, para deixar as ideias de André desenvolverem-se sozinhas. Ele dava a André o tempo necessário para que elas viessem. Retalhos de ideia no início, canhestras, infantis, ingênuas, contraditórias. E depois, talvez, ideias mais bem construídas, mais fortes. Às vezes incompreensíveis no momento em que ele as enunciasse — nada além de palavras —, mas que se ajeitariam lentamente à medida que se lhe tornassem mais familiares.

— Convém não se precipitar. No início é como um comércio de velharias. Tudo vem aos montes, por aqui e por ali, aparentemente sem ordem, tão mal-arranjado que nos sentimos sem ânimo. Mas é assim mesmo. A cada traste que percebemos, não podemos deixar de nos perguntar: *"É para mim que você está aí?"*. Esse calçado sem par. Esse jogo de cubos que representa uma corrida de cavalos. Esse ursinho de pelúcia dilacerado. Essa garrafa. Esse chaveiro. Esse jornal antigo que diz que Lindbergh atravessou o Atlântico. Essa cadeira. Esse fogareiro. Essa roda de bicicleta. Essa régua de ferro. Essa lanterna de veículo. Essa tomada elétrica. Esse tecido de barraca. Essas bolas de bilhar. Esse rádio. Esse disco de valsas vienenses sem capa. Essa capa de disco inglês sem o disco. Essa estátua de Nossa Senhora que se acende à noite. Esse calendário dos correios do ano de 1947. Tudo está aí e nada está. Patati-patatá.

Calvel divertia-se em aumentar a lista das bugigangas que se espalham pelo chão dos briques aos domingos de manhã. Ele fazia a lista de um dicionário sem pé nem cabeça, que André poderia prosseguir, brincando:

— Um álbum de colorir já colorido, um envelope forrado de selos, uma lata de graxa de sapato completamente seca, um vaso azul com alça branca, uma corda de pular, uma fotografia...

— Como saber qual desses objetos encontrará comprador?

— É esse o jogo.

— A mesma coisa com os homens, disse Calvel.

Enquanto falava, ele observava uma senhora que passava ao longo do mar, levando um cão pela coleira.

— Essa senhora, por exemplo. Não tem cara de nada. Eu juraria que ela só pensa em passear com seu cão como outras passeiam com seus filhos. Os cães não fazem castelos de areia, mas em compensação correm mais do que as crianças. Como saber se essa senhora não está esperando somente por nós para partilhar uma grande alegria ou uma grande preocupação? Talvez esteja sozinha, sem saber aonde ir. É por não saber aonde ir que

vem até a beira do mar, aqui ou noutro lugar, já que nada mais tem importância para ela. Ela não sabia que estaríamos aqui, e pronto!, eis que estamos aqui e podemos salvar-lhe a vida. Só que nem eu nem você sabemos disso. Deixaremos passar essa mulher e seu cão. Nada terá mudado em sua vida. Ela terá sido como um livro que se fecha e fica entregue à sua triste sorte. Veja! Ela passou. Acabou-se. Nunca saberemos o que poderíamos ter feito por ela...

— Por que não lhe dirigiu a palavra? disse André.

— Vá saber! A vida é feita de tal jeito que não dirigimos a palavra às pessoas, por preguiça, por cansaço, por tédio. Estou contente de falar com você, *portanto* não tenho necessidade dela. Eis tudo. É para isso que servem

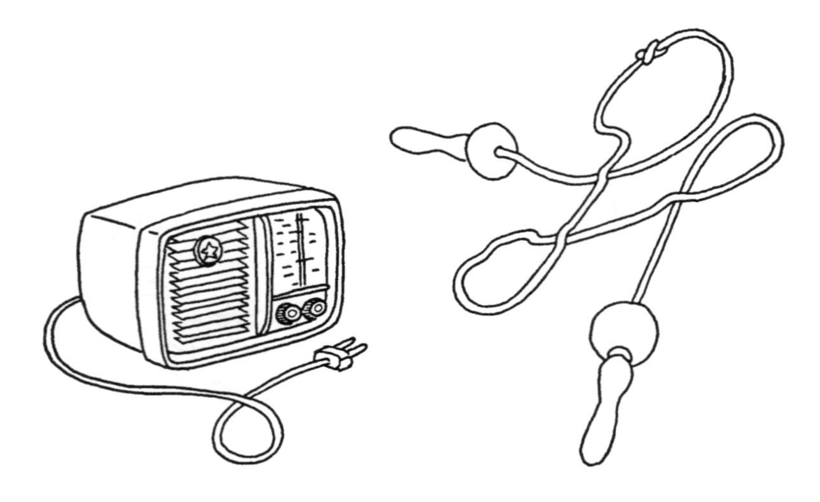

os livros, num certo sentido: para conversar com as pessoas a quem não dirigimos a palavra na praia. Uma livraria é uma loja de velharias de ideias. É o que devemos dizer...

Não teve tempo de concluir. André dera um salto e correra atrás da senhora, sob o olhar divertido de Maurice Calvel, que se perguntava se fora de propósito ou não que havia incitado seu jovem amigo.

André a alcançou, ofegante, excitado demais com a corrida para se mostrar intimidado.

— Bom-dia, senhora. Qual o nome dele?

— Spip.

Spip puxava a tira da coleira. Ou ele zombava de André ou percebia que esse garoto não faria mal à sua patroa; seja como for, ele deu um puxão para a frente e a senhora acabou se desequilibrando.

— Não está na escola?

— Não. Estou dispensado.

— De férias?

— Mais ou menos.

— Não sabia que era período de férias. Não há muitas crianças brincando na praia. Por isso nem me dei conta. Quando há crianças, isso significa que as férias chegaram.

— A senhora não tem filhos?

— Sim, mas estão crescidos. Eles trabalham em Paris. Só vêm à praia no verão. Mas então sou eu que não venho, porque tem muita gente. Prefiro a praia quase deserta.

— Isso quer dizer que a senhora não gosta de gente?

— Claro que gosto. Mas não gosto de multidão. Ela deixa Spip nervoso, o que me faz a vida infernal.

— E a senhora, não trabalha?

— Fui aposentada. Enfim, fui dispensada mais cedo que o previsto, por causa do desemprego. Só estaria realmente aposentada no ano que vem.

— Qual era seu trabalho?

— Eu trabalhava numa oficina de barcos, num estaleiro naval, não longe daqui. Instalava as cabines, as camas de bordo, os armários, o pequeno fogareiro para cozinhar e as cortinas, às vezes. Isso dependia da importância do barco. Dependia também dos clientes: uns querem que façamos tudo em seu lugar, para que só precisem pagar antes de se lançarem ao mar; outros, ao contrário, dão tempo ao tempo para arrumarem tudo eles próprios, para se habituarem, para se acostumarem à ideia de que vão deixar o porto: em geral são os menos ricos que fazem assim, porque o barco custou-lhes anos e anos de esforços, e porque se sentem intimidados no momento em que seu desejo se realiza.

Enquanto dizia isso, apontava para longe. Lá onde se passara o que ela dizia.

— Infelizmente, há uma crise agora. Pelo menos é o que dizem. As pessoas não têm mais dinheiro para comprar barcos, nem grandes, nem pequenos. É assim.

— A senhora está triste?

— Não exatamente. Quando eu trabalhava na oficina e preparava os barcos prestes a zarpar, eu sonhava com os lugares aonde eles iam. Sobretudo os barcos grandes, porque são construídos para navegar longe. Na maioria das vezes, porém, eles permanecem no porto. Quando viajo, às vezes reconheço um deles. Imaginava que teria percorrido o mar até os trópicos, lá onde as palmeiras balançam ao vento, lá onde não chove nunca. Mas não, ele permaneceu lá, meio besta. Teria preferido não reconhecê-lo, já que poderia continuar a imaginar os países que ele ia visitar, e, ao mesmo tempo, fico contente de revê-lo. Lembro aquela cor de cabine, aquela vela. Lembro como era preciso dobrá-la para que ocupasse o menor espaço possível em seu casco. Gosto muito dos barcos, do cheiro da madeira, especialmente do verniz e do cheiro das velas. Do motor também.

— Eu gosto é dos trens, por causa de sua força.

— Em ambos os casos, é a vontade de partir, disse a senhora.

— É verdade. Não havia pensado nisso. Agora, quando vir um trem, pensarei na senhora e nos barcos que navegam até o fim do mundo, e vou lembrar o dia de hoje...

A senhora não disse mais nada. Spip estava impaciente. Ela ainda resistia aos puxões do cachorro.

— Quieto, Spip! Quieto...

Mas Spip era o mais forte. A menos que a senhora não tivesse mais vontade de continuar a conversa. Ela se deixou arrastar insensivelmente pelo cão. André deixou-a se afastar.

— Até mais, senhora. Tchau, Spip!

A senhora nada respondeu. Pelo menos nada que André tivesse ouvido. Ele sentiu que seu encontro tinha como que se apagado. Como que se partido, de certo modo. Ele jurou que, se um dia escrevesse um livro, daria um jeito de mencionar esse encontro. Se a senhora ainda vivesse e o acaso a fizesse lê-lo, ela se reconheceria, sobretudo por causa de Spip, e então perceberia que o rapaz a quem ela nem sequer perguntara o nome teria gostado tanto que ela lhe desse um sorriso. Seu netinho lhe traria o livro, durante as férias, por exemplo, e de repente, enquanto lesse, ela se lembraria do jovem que lhe dirigira a palavra num certo dia de maio, que lhe falara dos trens, e que ela teria deixado ali, plantado diante do mar, no momento em que a tarde findava, de tal maneira que ele não tivera outra coisa a fazer senão olhar o mar.

A tarde caía. Enquanto André conversara com Maurice Calvel, o tempo não existira. Tudo tinha se passado no mundo das palavras e das ideias que escapam ao tempo, pois compreendemos o que elas significam independentemente do momento em que as empregamos. Elas são quase eternas. É por isso que a verdade ama tanto as palavras, já que assim, graças a elas, pode não se desgastar, não se apagar. Ela diz, por exemplo: "*Deves trabalhar*", e essa frase vale para hoje, para amanhã, para mim, para você, para qualquer coisa, a partir do momento em que as palavras são compreendidas. O mesmo se aplica aos problemas de matemática ou à história. Que dois e dois são quatro, vale para qualquer época. Que "*em 1066, o duque Guilherme da Normandia desembarca na Inglaterra e se apodera do país após ter vencido o rei saxão Haroldo, em Hastings*", não era verdade antes, em 1065, por exemplo, mas, desde que o fato aconteceu e os historiadores o registraram ao menos uma vez num livro, desde esse momento é verdade, para sempre. Ninguém mais tem o direito de dizer que isso não existiu.

Não obstante, esse tipo de verdade não tem muita

importância em nossa vida. Em geral, pouco ligamos para isso, salvo no momento em que o professor nos interroga, porque, se não formos capazes de repetir bem o que se passou em 1066, ele nos dá uma nota baixa. Mas às vezes, no lugar de datas, temos juízos. A história nos diz, por exemplo, que a indústria é um progresso, ou que o dinheiro que circula nos bancos "*favorece o desenvolvimento*". Se acreditarmos nela, acreditamos ao mesmo tempo que o dinheiro é *sempre* benéfico, ou que há *sempre* razão para industrializar um país, qualquer que seja. Nisso, ela trapaceia. Porque se percebe claramente, agora, que há uma crise, que o dinheiro não basta para fazer as pessoas felizes: portanto, não é verdadeiramente verdade que a indústria seja necessariamente um progresso. Não se sabe mais viver sem ela, e, quando os operários são despedidos, eles não compreendem por que não precisam mais deles; por que seu trabalho, que até então era útil, se torna inútil.

A verdade põe o tempo de lado, porque tem necessidade de pôr os homens de lado. Ela só pensa nela. Só pensa em ser verdadeira. Só pensa em rechaçar tudo o que ela não estabeleceu, para que isso não exista, para que jamais tenha existido. Todos os homens que não encontraram lugar em seu mundo não têm lugar em mundo nenhum. "*As coisas são assim*", diz ela, antes de ir espiar noutra parte.

Assim que deixamos de acreditar ferreamente na verdade, sentimos voltar o tempo, e nos damos conta de que o mundo é vivo. Podemos narrá-lo. Podemos imaginá-lo. Podemos querer mudar a vida.

Agora, André constatava que as cores não eram mais tão vivas quanto antes. Nuvens haviam aparecido no fundo do céu. As poucas crianças que brincavam na areia tinham ido embora, porque era hora da janta, ou dos desenhos animados, em suma: porque era hora de alguma coisa que valia mais do que fazer castelos de areia na beira do mar. Em breve o sol desapareceria atrás das casas. Para ele também era hora. Todas essas mudanças mostravam que o tempo havia passado.

Calvel continuava sentado. Sem pressa. É claro que tinha percebido que o tempo havia passado. Sem dúvida estaria ansioso por voltar à cidade. No entanto, permanecia mudo. Não queria tomar tal decisão. Mas havia os pais que, eventualmente, chegariam em casa antes de André. Que haveriam de dizer? Naturalmente se inquietariam, mesmo se a inquietude se resumisse ao fato de não gostarem de ver contrariado o hábito de reencontrarem seu filho à noite, ao chegarem. Pais têm horror de casas vazias. Telefonariam para a escola ou para um colega de classe cujo nome encontrariam na lista que lhes deram no início do ano. Pode ser que Antoine, ou outro qualquer, lhes dissesse que ele havia zombado do professor de história e que não fora à aula de tarde. Eles imaginariam o pior, um conselho disciplinar. Por que não a prisão? Sua mãe não se lembraria de seu jeito estranho pela manhã, de seu sorriso?

— O que é que os pais não percebem?

Todas essas coisas que chegavam ao fim, a conversa com a senhora, a tarde, as discussões com o sr. Calvel, o dia mesmo, tudo adquiria agora um gosto de morte. Um gosto desagradável. Desagradável, pelo menos, para um rapaz que acaba de passar um dia como esse. Ele se aproximou do sr. Calvel para que este lhe dissesse alguma coisa.

— Acha que devemos voltar? perguntou André.

— Será preciso, disse Calvel.

— Que pena! Gostaria que nossa discussão não se interrompesse. Que se tornasse eterna.

— Como qualquer verdade?

— Não. Você tem razão. Não é preciso que tudo o que nos dissemos seja muito verdadeiro. É preciso que possa durar.

— E, portanto, que se transforme...

— Que se transforme como?

— Como quiser. Você deve contar com o tempo.

— E também com você. Voltaremos aqui muitas vezes para discutir.

— Por que não? Mas...

— Mas?

— Mas o importante é tentar manter-se por si mesmo, para quando eu não estiver mais aqui.

— Você vai partir?

— Isso acabará acontecendo, necessariamente, mais dia menos dia.

— Por causa do tempo?

— Por causa do tempo, se quiser.

— Maurice!

André compreendeu que mesmo Maurice Calvel poderia morrer. É quando homens dessa espécie morrem que nos damos conta do que significa morrer. Por ora, ele sorria.

— Não se preocupe. Ainda não estou morto.

Calvel era quem primeiro empregava essa palavra.

Portanto, ele também pensava na morte! André nada respondeu. Não conseguia acreditar nele.

— A morte, a verdadeira, chega quando não nos ocupamos do tempo que passa. Quando deixamos os outros se ocuparem disso em nosso lugar. Os verdadeiros infelizes são os que não têm um tempo deles, os que jamais têm tempo para não fazer nada, os que jamais se dão um tempo para pensar. Pense nisso. Um dia como o de hoje está repleto de situações com as quais se pode construir uma memória. Mesmo que tenha sonhado, mesmo que tenha se enganado, mesmo que eu tenha sido o maior dos tolos a passar algumas horas falando à toa com você, você ainda terá material suficiente para se ocupar disso a vida inteira. Lembre-se da história da minha dissertação: uma única frase pessoal escondida lá dentro; pois bem, essa única frase me foi suficiente para construir o sentido de toda uma vida. Ainda hoje continuo a reviver essa bendita frase. Faça com que o dia de hoje seja igualmente importante para você. Pode-se construir uma vida inteira com um dia como esse. Basta querê-lo longamente. *Longamente* é o tempo em estado puro.

— Sim, mas a memória não precisa ocupar todo o espaço. Os velhos vivem falando de sua juventude, sempre a mesma coisa. São entediantes.

— Não foi o que eu quis dizer. Há uma memória que é boa e que está a serviço da vida. O que nos acontece deve ser a todo momento como uma espécie de fábula. Por exemplo: você conversa com uma senhora que passeia com seu cachorro na praia. Normalmente, não há nada a extrair de um acontecimento tão banal. Pois bem, você pode tirar uma lição disso, pode tentar descobrir o que pensava essa senhora: se estava triste, se ficou intrigada de que lhe dirigissem a palavra, se ainda recordará esse episódio ou algo semelhante. Busque o sentido de tudo o que lhe acontece, busque o sentido, André! A vantagem é que assim não somos obrigados a nos ater a um único sentido, como quando nos ocupamos da verdade. Carlos Magno é Carlos Magno: não se pode mais fazer com que ele não tenha sido imperador e coroado no ano 800, ainda por cima! Mas essa senhora, você pode inventar-lhe a vida que quiser, e, se um dia a encontrar de novo, ela terá vivido graças a você aventuras inéditas que você poderá narrar a ela. Enquanto ela responder, vocês vão estar construindo uma vida comum. É assim que os homens mudam seu destino: perguntando-se, antes de mais nada, o que *poderia ser* em vez do que é.

Maurice deixou-se levar por seus pensamentos.

— A revolução só é violenta quando não guarda nenhuma memória do que ela quis. Como não se preparou em nada pela imaginação, ela se deixa surpreender pela realidade. De repente, ela faz qualquer coisa. Mata, quebra tudo, porque não aprendeu a sonhar seu futuro. Rousseau o havia sonhado. E Voltaire. E outros doidos. Mas não os levaram bastante a sério. Quando vieram procurá-los, era tarde demais: a violência e a guerra haviam demolido todas as esperanças. Isso não mudou muito até hoje: é porque não os ensinam a sonhar sua vida que os jovens apedrejam vitrines, roubam carros ou os queimam. Não veem saída. Estão cercados de muros: mesmo enfeitados de *graffiti*, continuam sendo muros. Querem que eles vão à escola, e a escola os ensina a não mais inventar. Como não ficariam decepcionados?

— É preciso deixar que as pessoas façam o que quiserem?

— Não necessariamente. Porque não se constrói um mundo de qualquer jeito. Há regras, mesmo para os sonhos. Não as conhecemos no início; por isso acreditamos

que não existem. Quando vemos que a sociedade é a única a impor regras, começamos a ter vontade de mandá-las às favas. Fazemos a revolução. Fazemo-la irrefletidamente, e a polícia vence sempre porque é mais bem organizada. É preciso ficar mais atento às coisas. É preciso ter confiança em si. A violência prova sempre que falta autoconfiança. As pessoas se julgam incapazes de inventar. Chegam ao ponto de se destruir para sentir que existem.

— As drogas, por exemplo.

— As drogas, infelizmente. As que se injetam nas veias, mas também aquela mais sorrateira, mais açucarada, tão doce e agradável como a tevê, por exemplo.

— Você não gosta dela, não é mesmo?

— A tevê rouba nosso tempo. Ela se disfarça de verdade, uma verdade que escorre e gruda feito mel... Acabamos por morrer diante da tevê ligada. Morremos, e a tevê continua a funcionar sozinha. Não tivemos tempo para construir nenhuma memória. As imagens passam muito depressa de uma para outra. Num certo sentido, não é um mal que este dia acabe. Isso lhe ensinará sobre o tempo. Logo você irá se deitar. Talvez fique melancólico, mas que importa, já que amanhã de manhã poderá *continuar*. Há tantos infelizes que nada têm a continuar! Eles não têm o tempo. Nem mesmo o de começar.

— Vamos voltar.

— Se é o que você quer...

— Você tem tão pouca vontade disso quanto eu!

— De fato.

— Mas se somos livres para zombar de nossos hábitos, somos livres também para retomá-los. Basta um pouco de coragem. Podemos querer o que é obrigatório, e isso nos torna livres apesar de tudo. Afinal, a vida também é obrigatória. Ninguém pediu para nascer. Os que são livres são os que transformaram essa obrigação em escolha consciente. Não é isso a filosofia?

André lembrou-se de já ter sugerido tal opinião a Jean-Baptiste, por trás da grade.

— Evidentemente, disse Calvel rindo. Você compreendeu tudo. O que não impede que isso jamais nos dê prazer. Então, de volta para casa...

— Vamos ver como será a vida depois deste dia.

— A vida mudou de uma ponta à outra e, no entanto, não se tornou história. Um historiador nada tem a dizer de uma tarde na praia; ele teria preferido um bom desembarque, com caminhões e jipes, e bombas, e feridos, e mortos, especialmente alguns bravos mortos, porque o que se pode enumerar parece mais autêntico. Sua memória se interromperá com você, fatalmente, ao passo que a do historiador se torna eterna. E, mesmo que você conserve todos os acontecimentos deste dia num livro, é a cada um de seus leitores que terá desejado falar em particular, para comovê-lo ao máximo com seus espantos, não para fasciná-lo com grandes ações gloriosas. Uma senhora e seu cão, eis tudo o que você terá colhido!

Retornaram em silêncio. André olhava a paisagem não muito bela. A estrada desfilava à frente do automóvel. As linhas brancas também, ora contínuas, ora descontínuas. Os outros carros acendiam suas lanternas vermelhas para dizer: "*Vou parar*", ou amarelas, piscando, para dizer: "*Vou virar, preste atenção à direita, à esquerda*". As próprias máquinas davam sinais aos homens. Uma grande caminhonete, vermelha e brilhante, queria dizer: "*Sou potente*". Por toda parte, setas, anúncios, supermercados, casas interpelavam os passantes: "*Olhe para mim, preste atenção em mim*", talvez até: "*Me ame, não me deixe sozinho*".

Bastava olhar para entender o sentido de todos os sinais que os homens enviam uns aos outros, uns tímidos, outros violentos, para evitar a indiferença. Qualquer coisa pode servir de sinal. É uma loucura o que as pessoas inventam para se fazerem notar: cartazes, penduricalhos suspensos diante dos vidros dos caminhões, bandeiras, roupas da moda, joias, canções. O difícil é escolher. Só depende da boa vontade dos outros homens decifrar tudo isso. E as motos. E a própria televisão, que sempre quer chamar a atenção, inclusive quando diz bobagens. Mesmo a televisão quer falar a alguém. Ela faz isso de maneira equivocada, mas é isso o que ela faz.

Era o que André pensava, enquanto o carro de Maurice o levava de volta para casa.

A noite caía.

— Espero que meus pais não estejam preocupados.

— Francis deve tê-los avisado. Ele está cansado de saber que chego atrasado. Se não, eu lhes explicarei, não se preocupe.

— Não lhes diga nada. Quero guardar meu segredo. Dou um jeito com meus pais.

O carro virava para cá e para lá, como se soubesse encontrar sozinho seu caminho. Finalmente parou; o motor continuava a ronronar, sem impaciência.

— Pronto, chegou. Não esqueça sua pasta. Amanhã tem escola.

— Estará lá?

— Sim, sim. Tentarei não bancar muito o professor.

O carro tornou a partir sem esperar. André se viu na calçada, tão desamparado como Jean-Baptiste de manhã, mas não porque ia mudar de vida: porque, ao contrário, ia reencontrar sua vida normal. Em vez de temer acontecimentos desconhecidos, ele temia os acontecimentos conhecidos.

SAI DA FRENTE
?
I ♥ ME
MINI
PRIX
642
POLYGO
PLAX
VERITAS MUNDI ®
HOTEL!
742
ROBERTO

A casa do sr. Cauvet estava ali. A do sr. Ambrosino também, cercada de seu jardinzinho, a garagem já trancada. A sra. Martin não havia fechado a quitanda: portanto, o sr. Gillain ainda não chegara, ainda não comprara suas conservas para a refeição da noite. Só depois de sua passagem é que a sra. Martin baixaria a porta corrediça, pois sabia bem que não teria nenhum outro cliente, salvo imprevisto, o que jamais acontecia. Era ela que dizia: "*salvo imprevisto*". Era assim que ela chamava um hábito que muda.

Nenhuma motocicleta apoiada contra o poste. Jean-Baptiste terminava seu primeiro dia no quartel.

André suspirou. Tocou a campainha. Abriram-lhe a porta. Entrou.

— Me atrasei na escola, um problema na aula de história.

— O diretor telefonou para dizer que não nos preocupássemos. Fora isso?

— Fora isso, nada. Enfim, como de hábito.

Essa mentira fez André sorrir.

— Tenho tempo de fazer a lição antes do jantar?

Sem esperar a resposta, foi para seu quarto. Ele fingia viver como de hábito.

Tão logo instalou-se diante da escrivaninha, pegou um caderno, com a firme intenção de anotar suas impressões. Não para evitar esquecer, mas para fazer um registro bem concreto. Com palavras. Para ter algo a reler de tempos em tempos; uma página a saborear. Para ligar os pensamentos a algo mais sólido que uma lembrança que se passa inteiramente na cabeça e que sempre corre o risco de sumir, desfazendo-se como nuvem. Para compreender.

Afastou o caderno sem ter escrito nada. Adiava o momento de começar. Livrou-se da lição mais distraidamente que de hábito. Um problema de matemática. Um mapa de geografia. Vocabulário de inglês. Não tem francês na terça-feira.

— O resto é ginástica.

Fora isso, a noite transcorreu como de hábito. Sopa. Legumes. Queijo. Frutas. Tevê para os pais. André dormiu *como de hábito*: é a palavra que convém, para esta noite, para a anterior e para todas as outras.

Quando acordou, na terça-feira de manhã, ficou impaciente para verificar se as coisas continuavam a ter um ar estranho. Lembrou-se de suas desventuras da segunda-feira, um tanto misturadas, um tanto apagadas: Maurice, o sr. Michelet, a senhora à beira-mar, Jean-Baptiste, Antoine. Não procurou dispor suas lembranças em ordem, as mais importantes primeiro, as mais irrisórias no fim: esperou, antes, que a sensação muito suave que elas haviam provocado ressuscitasse. Como uma ferida: quando não dói mais, pomos o dedo nela; despertamos a dor para sentir de novo que alguma coisa se passou na perna, no joelho, por exemplo, se caímos. Ficamos contentes quando a excitação retorna. Algo semelhante acontecia aqui: resolveu reviver as emoções que haviam surgido na véspera, para ter vontade de fazer de novo alguma coisa. Para ter vontade de continuar. Não duvidava que, ao despertar no quartel, Jean-Baptiste tivesse passado discretamente a mão na cabeça, para ter certeza de que seu serviço militar não era mentira. Com tristeza, olharia seus companheiros no dormitório, cada um em sua cama, uns dormindo, outros escutando um rádio colado à orelha, ocupados em fazer entrar um pedaço do mundo verdadeiro na cabeça, como o resultado do jogo de futebol entre Montpellier e Bordeaux, por exemplo, ou uma canção, ou uma propaganda, ou o número de mortos causado por um acidente de ônibus ou pela guerra que se desenrola num país distante, cujo nome é difícil pronunciar — qualquer coisa que lhes dissesse algo diferente de: "*Levante-se, vá se lavar, vista-se o mais rápido possível, corra a tomar seu café, espero-o para o primeiro exercício da manhã, em fila, um-dois, um-dois, um-dois-três*". Qualquer coisa, contanto que não falasse deste mundo do qual não queriam ouvir falar; tanto mais que não estavam ainda habituados a ele...

André pensou nisso. Tomou coragem para continuar.

— Desperte! disse a si mesmo, buscando dar um sentido filosófico a essa palavra. Um sentido *filosófico*...

Ele gostou da ideia dessa "filosofia", mesmo se dando conta de que teria sido incapaz de ir muito longe no exame dessa palavra da qual não sabia nada. Pouco lhe importava. Bastava sentir-se responsável por ela. Maurice dera-lhe uma missão a cumprir, a de renovar toda manhã sua existência, por causa da "filosofia".

A palavra "filosofia" seria o contrário de um segredo: em vez de guardá-la para si, faria dela algo para todos aqueles que ele viesse a encontrar. Ele seria um mensageiro. "*Desperte*" deveria ter um sentido novo toda manhã, e não o mesmo de sempre, como na boca de sua mãe, por exemplo, quando ela vinha acordá-lo para que não chegassem atrasados, ele na escola, ela no escritório.

Ele repetiu de propósito seus gestos da véspera, pelo prazer de sentir a minúscula diferença que modificava seu sentido. Tomou uma ducha, mas *sabia* que tomava uma ducha, que tomava *esta* ducha, que recebia suas gotas na pele, que passava *este* sabonete nas pernas, no peito, nos braços, no pescoço, no sexo, nas mãos, no rosto. Olhando-se no espelho, viu que esse mesmo André era um André novo, o mesmo e diferente, consciente do que lhe acontecia, hoje, amanhã, depois de amanhã, quem sabe mesmo todos os dias. Dependeria dele e somente dele que continuasse assim até seu último dia.

— Até meu último dia!

Que pensamento esquisito! Será que na sua idade as pessoas pensavam no seu último dia? Sobretudo hoje, que era o segundo dia de sua vida.

O gesto mais banal pode se tornar o mais importante de todos. O que é preciso é dar um jeito de lhe dar importância. É preciso vivê-lo dizendo para nós mesmos que o estamos vivendo. Como o dia de Natal ou da Páscoa, por exemplo. Mesmo se não acreditamos em nada, se não levamos a missa a sério, ainda nos lembramos dos cantos, dos presentes, das velas, da ceia, e tudo isso acaba por dar saudade. Lamentamos que os bons tempos tenham passado. Fazemos um esforço para que esses dias nunca sejam dias como os outros. Nada impede, com efeito, que no dia de Natal comamos macarronada e banana, se quisermos. Nada, exceto a vontade muito grande de lembrar-se desse dia, para depois; para nos comovermos com alguma coisa quando tivermos filhos e quisermos lhes oferecer lembranças — lembranças ainda mais que brinquedos.

André olhou para seus brinquedos como se fossem delicadas lembranças — seus carrinhos, sobretudo, e seus livros. Sentiu que os amava muito. Pensou em seu

pai, sempre perturbado quando via alguma coisa de sua infância num antiquário ou num jornal velho. Ele procurava lembrar como era aquilo, que efeito produzia segurar o carrinho de metal na palma da mão — liso, sólido, frio; ou o papel do livro, o cheiro de poeira e de cola envelhecida. Era esse tipo de cheiro que ele queria registrar, para mais tarde. O cheiro de praia, de sal, de areia, de sol e de vento, para poder exclamar mais tarde que foi um dia como esse que ele vivera junto a Maurice Calvel, o famoso dia em que sua doença se manifestara pela primeira vez.

André dizia para si tais pensamentos ao olhar seu quarto, enquanto se vestia, após a ducha. Ele tentava envolver o cheiro de sabonete com suas roupas. Para mais tarde.

Gostou do perfume do café, dos gestos indiferentes de sua mãe que punha na mesa o pão, a geleia, a manteiga. Gostou que ela o apressasse, e inclusive foi um pouco mais de propósito que de hábito que se fez atrasar, para se lembrar melhor desse atraso. E a casa do sr. Ambrosino. A do sr. Cauvet. O poste. A quitanda da sra. Martin. A srta. Allibert. Três cenouras. Três batatas. Etc. Etc. Etc. Etc. Os hábitos tornavam-se *deliciosos.*

"*A seu amável serviço.*"

Ele armazenava as imagens em sua memória, para presenteá-las às pessoas mais tarde, num livro ou em outra coisa. Em seu caderno, por exemplo, onde trataria de anotá-las escrupulosamente, dia após dia. Descobririam-no após sua morte, ou antes, se a curiosidade de alguém fosse muito forte. Buscariam saber o que ele podia escrever em tal caderno, que teria se enrugado e gasto de tanto uso. Tomaria o cuidado de não se reler pelo maior tempo possível, para esquecer um pouco. E depois, uma vez ou outra, abriria uma página, reencontrando misteriosamente o sentido exato do que teria minuciosamente registrado: a senhora na praia, Spip, o sabonete, o sol, os pequenos detalhes. Sua escrita de criança. Sorriria ao despertar suas lembranças. Até mesmo o apertão na porta do carro que dera em sua pasta escolar ressuscitaria. E o dia em que dissera ao sr. Michelet que se chamava René Descartes. E Antoine, que não percebera que, ao lhe falar de seus pais prestes a se divorciar, lhe fazia uma confidência da maior importância.

André queria que a vida das pessoas não morresse. As pessoas morrem, é fatal, mas não sua vida, se alguém toma o cuidado de recordá-la. A Livraria do Liceu, a cor verde das apostilas de filosofia, os modelos de exames, tudo lhe voltaria ao espírito.

E Jean-Baptiste. Ele ficara perturbado, ao passar por perto do quartel: teria gostado de revê-lo, na terça-feira de manhã depois de segunda-feira, antes de quarta-feira, em junho, julho, agosto, setembro. Teria gostado de

saber o que lhe acontecia. Estava quase incomodado de que a vida não lhe obedecesse estritamente. Jean-Baptiste vivia sua vida própria e nada havia a fazer quanto a isso. Convém não se ocupar demais da vida das pessoas. Convém deixá-las livres, custe o que custar: essa era a principal lição de Maurice. Sofremos sempre mais ou menos pelo fato de os homens serem livres para nos dizer o que eles querem e não o que nós mesmos queremos.

— Azar meu.

André pensava nisso ao ir para a escola. Observava tudo com a atenção de uma águia, e ao mesmo tempo não havia diferença alguma entre o que ele vira e o que inventara. Era isto, a filosofia: essa maneira de confundir o sonho e a realidade, para que as pessoas se interessassem mais pelo sentido das coisas do que por sua verdade científica. Afinal, que importava se Maurice Calvel jamais tivesse existido, nem o sr. Michelet, nem Jean-Baptiste, nem Antoine, a partir do momento em que se podia acreditar neles tanto quanto em Carlos Magno, em Joana d'Arc ou em Hugo Capeto?

Enquanto pensava nisso, Antoine, o verdadeiro Antoine, aproximava-se dele. Alcançou-o diante da Livraria do Liceu. Antoine o observou para ver se teria mudado de ideia...

— Estou contente em revê-lo. E aí?

— Passei a tarde conversando com Calvel.

— O professor de filosofia?

— Punição divertida, não?

— Pode crer. E isso o ajudou em quê?

— Fala sério?

— Claro, porque a coisa acabou me envolvendo. Quando o deixei diante do gabinete do diretor, não pude deixar de continuar ruminando aquela história de René Descartes. Perguntei-me se sabia realmente quem eu era. Eu era Antoine. Bem, e daí? Por que não René Descartes, eu também?

Os dois puseram-se a rir.

— René Descartes acabou. Há muito o que fazer sem ele.

— De que Calvel lhe falou? Passou-lhe um sermão

do tipo "blablablá, meu garoto, seja sensato, blablablá, e deixe em paz os gentis professores com a vovozinha"?

— Tudo menos isso, justamente. Eles me deram tempo. Tempo! A fim de refletir sobre o que me acontecia. Em suma, Michelet me pegou pela palavra: "*Quer se chamar René Descartes? Pois bem, trate de saber o que isso quer dizer. E até o fim, se lhe agradar...*".

— Você tem sorte de sair dessa tão bem.

— Mas não importa quem tem sorte. Eu, você. Basta pegar a oportunidade.

— Eu?

— O que estamos fazendo aqui, eu e você, senão falando sobre as questões que temos vontade de discutir juntos?

— O que se pode fazer com esse tipo de discussão?

— Justamente: nada. Quero dizer, não é preciso que o saibamos de antemão. Eu, por exemplo, tenho uma vontade enorme de ser seu amigo. Mais do que ontem. Que possamos nos dizer coisas importantes. Não para julgá-las como se umas fossem "boas" e as outras "más", não, mas para adivinhar como elas funcionam, para descobrir seus segredos. Como um motor, de certo modo: se você não entende como ele é fabricado, não pode fazer nada. Quando ele pifa, ficará olhando feito bobo. O mesmo em relação a tudo. Você não precisa que eu lhe diga se gosto que você pratique judô. Isso não vem ao caso. Mas, quanto a mim, tenho vontade de compreender o que se passa quando se faz judô. Por que se começa. Por que se continua. Se você me disser, terei a impressão de ter avançado um passo em nossa amizade, mesmo que eu jamais faça judô. Quando nos falamos, as palavras servem de apoio. Para vivermos juntos. O que aborrece, com relação à verdade, é que não se pode discuti-la.

— Devíamos perguntar por que ela tem horror de que a discutam...

— É isso aí.

— E se zombarem de você quando disser o que realmente pensa?

— Se rirem da minha cara, continuarei até conseguir me fazer entender, uma, duas, dez vezes, tanto quanto possível. Ontem, consegui fazer-me entender sem que Michelet transformasse minha comédia em drama. Graças a isso, passei uma das mais belas tardes da minha vida. Precisamos nos convencer de que é assim em relação a tudo, embora eu tenha tido uma sorte danada, uma bendita sorte, reconheço, de ganhar na loto de saída.

— Foi o que Calvel lhe disse?

— Foi o que ele deixou que eu descobrisse sozinho.

— Ele não bancou demais o professor?

— Bancou o professor à sua maneira, como estou fazendo com você.

— A gente pode se dizer tudo?

— Depende de que maneira. Às vezes, falamos de um jeito que não conseguimos nos fazer entender. Acreditamos ser sinceros e somos apenas desajeitados.

— Ou idiotas...

— Não necessariamente idiotas. Aos poucos aprendemos como falar. Domamos nossa linguagem, nossas palavras. Há canções mais úteis do que lições de moral.

— É preciso tomar as pessoas como elas são.

— Sim, mas primeiro é preciso nos tomarmos a nós mesmos como somos. Eu sou André, você, Antoine.

— Acabou René Descartes?

— A menos que ele nos ensine como descobrir-nos a nós mesmos. Afinal, é um filósofo. Ele nos diz que há sempre um momento em que é preciso parar de demolir a verdade, o essencial sendo descobrir esse momento. Quando se sabe, procura-se ver até onde se pode ir, e principalmente: como se pode reconstruir as coisas.

— Uma verdade nova?

— Não. Uma verdade sincera.

— Uma verdade que seja nossa amiga.

— Exatamente. Uma verdade que partilhamos com nossos amigos, e que faz amigos todos aqueles que a partilham.

— Como eu e você.

— Se você quiser; e enquanto você quiser.

O sinal tocou, sem se preocupar mais que as outras manhãs com as conversas que interrompia. Ele só sabia gritar *dring, driing, driiing*; ninguém tinha vontade de ser seu amigo. Obedeciam-lhe para que se calasse, o que acabava por fazer, mecanicamente.

Primeira aula. Aula de inglês.

Campainha. *Dring, driing, driiing.*

Segunda aula. Geografia. Sr. Michelet! A pasta sobre a mesa. A cadeira ao lado da mesa. O pé sobre a cadeira. A lista de chamada.

— François, Norbert, Philippe, Émilie, Antoine, Chantal, Guilherme, Clémentine, Jean-Robert...

— Presente, presente, presente, presente, presente, presente, presente, presente, presente...

— Sophie.

— Presente!

— André...

Um imenso silêncio invadiu toda a classe, tão poderoso que ninguém ousava se mexer. Antoine sentia o coração bater até em sua cabeça.

O sr. Michelet repetiu, sorrindo:

— André?

— Presente! E obrigado, senhor, obrigado por tudo. OBRIGADO de coração.

Acabou.

Acabou? Fácil de dizer: será que uma experiência como essa alguma vez acaba? É preciso admitir que não, já que ainda hoje retorno a ela.

Hoje, ainda me lembro da chamada que continuou, Régis, Julie, Béatrice... Da aula, propriamente, não lembro nada. Faz tanto tempo... Certamente transcorreu como de hábito. Depois, matemática, e, enfim, a ginástica, pois era uma terça-feira.

A memória prega peças. Quem sabe se não inventei essa história da verdade que sumiu, essa tarde passada à beira-mar com Maurice Calvel? E Maurice, meu caro Maurice, será que se lembraria do que me falou? O que despertou em mim? Há tantos acontecimentos que não registrei na ocasião, tão certo estava de que minha felicidade duraria. O sr. Michelet sorria sempre que me encontrava no corredor, contente por ter me ajudado a superar os momentos difíceis da verdade. A história acabou sendo a mais astuciosa, pois foi ela que soube me conduzir à filosofia. Sem ela, jamais teria me perguntado sobre o sentido das coisas.

Eu não acreditava mais na verdade verdadeira, naturalmente, mas tinha necessidade dessa verdade verdadeira para discutir. O sr. Michelet sabia, e era isso que o divertia.

O que lembro bem, por outro lado, é da partida de Maurice para Paris no final desse ano escolar. Que fosse Paris ou qualquer outro lugar, pouco me importava: de qualquer maneira eu levaria mal a coisa. Ele não tinha o direito de me fazer aquilo. De me trair.

Anunciou-me sua partida num final de tarde.

— Sinto ter de lhe dizer, mas acabou: vou deixar a escola.

— Você já sabia disso, no outro dia, na praia?

— Sabia que meu pedido de transferência havia sido recebido, nada mais.

— Então você sabia que nossa aventura não poderia prosseguir! Sabia que eu jamais seria seu aluno! Isso é sacanagem.

— Você acreditaria se eu jurasse que tentei voltar atrás em minha decisão?

— Não acredito mais em você.

Eu chorava. Ninguém poderia ter me impedido de chorar de desespero. Aquelas lágrimas pertenciam só a mim. Ao mesmo tempo queria abandonar Maurice e as palavras de consolo que ele não encontrava, e queria aproveitar aquele último encontro. Toda vez que eu o visse, dali por diante, pensaria que era a última vez. O último mês. A última quinzena. A última terça-feira de junho. A última semana. O último dia. A última hora. Entre nós não haveria mais senão últimas vezes.

— Você não entende que eu preciso de você?

— Entendo.

— É tudo o que tem a dizer?

— De que adiantaria dizer que você se habituou à minha presença, e eu, certamente, à sua? E que não era isso que queríamos, nem eu nem você?

— Para mim, de fato, tanto faz.

— Podemos nos escrever.

— Nunca! Menos do que nunca. A escrita me causa horror.

Eu me dava conta de quanto a escrita pode substituir a vida: basta um pouco de talento. Com a escrita, podemos mentir, mesmo quando narramos um acontecimento que realmente se passou. Podemos embelezá-lo, poli-lo, enriquecê-lo, puxá-lo por aqui, empurrá-lo por ali, torná-lo útil ou inútil, conforme o capricho do momento. Com ela não fazemos propriamente história, mas histórias, contos, fábulas que substituem a vida. A sra. Rougier tratava os livros como coisas: por isso ela se permitia insultar minhas redações. Era incapaz de perceber que elas tinham vida. Fazia como se eu já estivesse morto no momento em que me lia.

— Uma carta não é um livro. Pensamos naquele que escreve e que não está tão longe; que nunca está mais distante que a própria carta. Deciframos sua escrita. E além disso podemos colocar pensamentos nas cartas, e carregá-los conosco.

— Se escrevemos, é porque estamos distantes, não vejo outra coisa.

No fim daquele ano escolar, Maurice acabou mesmo partindo. Essa partida me deixou completamente sozinho. Outros alunos como eu haviam tido contato com ele, bons e maus, como em qualquer classe no mundo, mas isso jamais me interessou. Eu estava quebrado. Foi preciso que eu continuasse completamente sozinho.

Fiquei órfão.

Jamais quis lhe escrever, nem a ele, nem a alguém que o conhecesse. Acaso alguém escreve a seu pai, quando fica órfão? É besta, mas é assim.

Jamais lhe escrevi; portanto ele jamais me respondeu.

Li os livros que ele publicou posteriormente, por exemplo *A púrpura do Oriente*, que se passa à beira-mar, e que narra como um legionário romano vem morrer nos braços do general que o havia comandado: ele queria oferecer-lhe todas as suas lembranças no momento de partir definitivamente. Queria presentear-lhe com sua vida, num certo sentido. Nenhum desses livros falava de mim; portanto os li como qualquer outro livro, mesmo que o nome na capa me parecesse sempre estranho. Como poderia ser diferente? Tenho-os todos aqui, ao meu lado, em minha biblioteca.

Será que um livro é a vida?

Porque, de fato, foi preciso que eu continuasse. As aulas de francês me faziam sofrer. Obviamente, a sra. Rougier não era mais que uma lembrança. Conheci o sr. Lafosse, que me disse um dia — uma única vez — que eu talvez tivesse um pequeno talento. Eu não queria saber desse talento, pois então teria que escrever para desenvolvê-lo, e eu não queria escrever nada além dos deveres que era obrigado a redigir para ele. Será que a escrita *produz* alguma coisa, algo tão sólido como uma casa ou uma ponte? Será que um escritor pode apreciar seu livro como o marceneiro aprecia a mesa que acaba de fazer? Eu me fazia essas perguntas, de aula de francês em aula de francês, até o último ano, quando fingi acompanhar as aulas de filosofia do sr. Garnier.

Ele era gentil, o sr. Garnier. Era todo cauteloso. Isso já era meio cômico. Mas assim que lhe colocavam uma questão embaraçosa, sobre a guerra, por exemplo, ou sobre a justiça que devemos aos infelizes que se revoltam por obrigação, de tão ignorados, ele rapidamente se evadia. Ia abrir a janela balançando muito os braços, suspirando diante da paisagem:

— Não há nada a dizer sobre isso: é a vida.

Ah! como ele me aborrecia, até me deixar raivoso às vezes, com esse "*é a vida*", que significava antes de tudo que a discussão era inútil, sob pena de quatro horas de lição de casa. Ele não queria agitação em classe, não corria esse risco; ainda mais que tinha horror a problemas. Era sensato.

No vestibular, tirei apenas cinco em filosofia.

A filosofia, a minha filosofia, eu a guardava para mim. Guardava-a para mais tarde. Não me arriscava a colocar uma frase minha em nenhum dever. Não porque o sr. Garnier se mostrasse tão incompreensivo quanto a sra. Rougier, não, certamente não, mas porque eu sentia que meus pensamentos não lhe diziam respeito. Neste caso, sim, não havia nada a dizer, a não ser "*é a vida*".

Nos dois anos que se seguiram à partida de Maurice, não fiz outra coisa senão sonhar em cima de meu caderno, sem nada escrever nele. Um dia, porém, decidi comprar meu primeiro livro de filosofia. Comprei aquele que se intitula *O ser e o tempo*. Claro. Dizer que não compreendi nada seria dizer pouco. Eu o li, reli, reli outra vez. Não cheguei até o momento em que poderia ter descoberto, com surpresa, que compreendia alguns trechos. Chorei, sobretudo por causa de Maurice, que me havia abandonado, que me obrigava a avançar sozinho, tão perdido como um viajante em meio a uma floresta, desencorajado com a ideia de achar-se ali, correndo em todas as direções, convencido de que estaria melhor em qualquer outro lugar que não esse.

Queimei *O ser e o tempo*, que produziu belas chamas ao se consumir. Mechas de fogo. Pensei mesmo que Joana d'Arc devia ter produzido igualmente belas chamas em sua fogueira, assim como os livros judeus sacrificados pelos alemães pouco antes da Segunda Guerra, con-

forme havíamos aprendido nas aulas de história. É incrível a quantidade de palavras que amedrontam. Eu me lembrava do que havíamos dito, Maurice e eu, à beira-mar, a propósito de um livro de filosofia destinado às crianças.

Sim, a escrita consegue às vezes fazer a revolução na cabeça das pessoas. Eu gostaria que a filosofia fosse capaz de uma escrita desse gênero.

Muito tempo se passou desde então, "assim assim". Com momentos agradáveis, é claro. Quando somos jovens, há mais risos do que ranger de dentes, apesar de tudo. É como no serviço militar: fazemos o melhor possível com o que temos.

Pois também chegou a minha vez de passar por ele. Eu também, numa bela segunda-feira, estendi minha convocação a um ordenança que zombou de mim. Também me entregaram um uniforme — um uniforme, uma mochila, um capacete, coturnos que machucam os pés, um boné. Eu também senti o que isso causa, o ruído de triturador da máquina de cortar cabelo, as mechas que caem, a cabeça raspada e a marcha cadenciada. Naquele dia, pensei em Jean-Baptiste, inevitavelmente. Tornei-me um pouco Jean-Baptiste, por minha vez. Um pouco, apenas, pois, por mais que se queira, nenhum acontecimento se repete; muitas coisas se transformam por causa do tempo.

Jean-Baptiste, o verdadeiro, havia esquecido seu ano de exército. Esse ano lhe dera uma certa maturidade. Tornara-se um homem, como se diz. Jamais deixou seus cabelos voltarem a crescer como antes: sem auréola, não tinha mais nada de um santo. Estava pronto para o casamento, pronto para o nascimento da filha que não tardou a se anunciar, graciosa, risonha, nem um pouco interessada por mecânica, infelizmente. De uma responsabilidade a outra, acabou por tomar o lugar do sr. Graziani na Grande Garagem do Globo, pois o sr. Graziani envelhecia. A sra. Loti também, ela e seus "*amáveis serviços*". Quando completei 21 anos e alcancei Jean-Baptiste na experiência de vida, era demasiado tarde para que ele me compreendesse. Prestei o serviço militar sozinho em meu canto. Durante um ano, fiz como se a filosofia não existisse, embora tivesse trazido um belo livro sobre a morte. Regozijava-me em segredo quando meus companheiros militares percebiam em que é que eu pensava. Para eles, o exército servia apenas para praticar mais ginástica.

Trabalhei muito, para alcançar Maurice, para assemelhar-me a ele, para que ele não dissesse que eu esquecera sua lição. Não pude fazer outros estudos senão os de filosofia. Queria provar-lhe que chegaria sozinho a ela e, ao mesmo tempo, sentia claramente que era por causa dele que escolhia essa profissão. Acabei por também me tornar professor.

Professor!

Por ocasião de minha primeira aula, tão embaraçado em meu primeiro terno como me sentiria vestindo

uma farda, com minha primeira gravata, na qual tive tanta dificuldade em dar o nó, por ocasião de minha primeira aula, com meus diplomas ainda quentes no cérebro, contei da melhor maneira possível a história de um certo René Descartes, o verdadeiro, filósofo de profissão: o que teria podido abordar de mais importante? Diante de mim, poderia jurar que os alunos, divertindo-se, tinham tomado as feições de um certo André.

— Ele é engraçado — disse um.

— É mesmo — respondeu outro.

Nunca faço chamada em classe.

O sr. Michelet se aposentou.

O tempo passa.

Juro que nem uma vez, ao entrar em classe, nem uma única vez, deixei de pensar naquela segunda-feira de maio.

Assim assim, a vida continua.

O que mudou, por outro lado, é que acabei por escrevê-lo, o meu livro, que é este aqui. Ele se fez sozinho em minha cabeça. Tive apenas de transcrevê-lo em meu velho e bom caderno, o mesmo que havia pego uma noite, ao voltar de uma tarde passada à beira-mar na companhia de Maurice Calvel.

Deus sabe o quanto eu não queria escrevê-lo, esse maldito livro, nem ele nem qualquer outro. Não queria que Maurice o lesse. Para puni-lo. Mas fui obrigado a isso, porque há poucos dias fiquei sabendo que Maurice Calvel está morto, obrigando-me *verdadeiramente* a continuar sozinho.

Maurice está morto!

É o que diz a pequena notícia de jornal que tenho sob os olhos. Morto.

Morto.

Na verdade eu havia pensado, de vez em quando, em ir procurá-lo, *apesar de tudo*. Recomeçar nossas conversas. Deveria ter feito isso. Poderia ter feito. Há muito que eu o perdoara, naturalmente. Em Paris não há mar, mas há as margens do Sena. Agora é tarde: não tenho mais nada a partilhar com ele. Ele está morto, agora, e eu sou adulto.

Eis que me tornei "grande".

André foi tomado por um envelhecimento súbito. Com seu livro, ele acredita que se sentirá menos sozinho, pois qualquer um, daqui por diante, poderá se passar por André, de brincadeira ou a sério, e dizer-lhe isso.

Jean-Baptiste, Antoine, o sr. Michelet, todos partiram. Resta Maurice, minha querida "doença", em minhas palavras, em meus pensamentos, em minhas pequenas histórias, para sempre, cada dia, cada vez que uma criança virar estas páginas, cada vez, quantas vezes for preciso para que uma delas, numa bela manhã, após ter passado uma noite perfeitamente normal, nem melhor nem pior do que de hábito, se aperceba, talvez, de que o mundo mudou de sentido, mudou de sentido a ponto de dar-lhe também a vontade louca de seguir até o fim sua aventura filosófica, por amor à vida.

SOBRE O AUTOR

Pierre-Yves Bourdil nasceu em 1947, em Paris, e é doutor em filosofia e literatura, além de professor da *école préparatoire* (curso pré-vestibular) na França e ilustrador. É autor de diversos livros, como *Faire la philosophie* (Éditions du Cerf, 1996), *Discours sur le plaisir ou Comment faire des bêtises* (Flammarion, 1997) e *La raison philosophique: comment croire au sens des choses* (Éditions du Cerf, 2001). Para o público infantil e juvenil, lançou, entre outros, *Histoire du premier mot* (L'École des Loisirs, 1991) e *La vérité s'est cassée en morceaux* (*O dia em que a verdade sumiu*) (L'École des Loisirs, 1995).

COLEÇÃO 34 INFANTO-JUVENIL

FICÇÃO BRASILEIRA

Endrigo, o escavador de umbigo
Vanessa Barbara

Histórias de mágicos e meninos
Caique Botkay

O lago da memória
Ivanir Calado

O colecionador de palavras
Edith Derdyk

A lógica do macaco
Anna Flora

O Clube dos Sete
Marconi Leal

Perigo no sertão
Marconi Leal

O sumiço
Marconi Leal

O país sem nome
Marconi Leal

Tumbu
Marconi Leal

Os estrangeiros
Marconi Leal

Confidencial
Ivana Arruda Leite

As mil taturanas douradas
Furio Lonza

Melhor amigo
Gabi Mariano
e Flávio Castellan

Viagem a Trevaterra
Luiz Roberto Mee

Crônica da Grande Guerra
Luiz Roberto Mee

A pequena menininha
Antônio Pinto

Felizes quase sempre
Antonio Prata

O caminho da gota d'água
Natália Quinderê

Pé de guerra
Sonia Robatto

Nuvem feliz
Alice Ruiz

Dora e o Sol
Veronica Stigger

A invenção do mundo pelo Deus-curumim
Braulio Tavares

A botija
Clotilde Tavares

Vermelho
Maria Tereza

FICÇÃO ESTRANGEIRA

Comandante Hussi
Jorge Araújo
e Pedro Sousa Pereira

Cinco balas contra a América
Jorge Araújo
e Pedro Sousa Pereira

Eu era uma adolescente encanada
Ros Asquith

O dia em que a verdade sumiu
Pierre-Yves Bourdil

O jardim secreto
Frances Hodgson Burnett

A princesinha
Frances Hodgson Burnett

O pequeno lorde
Frances Hodgson Burnett

Os ladrões do sol
Gus Clarke

Os pestes
Roald Dahl

O remédio maravilhoso de Jorge
Roald Dahl

James e o pêssego gigante
Roald Dahl

O BGA
Roald Dahl

O dedo mágico
Roald Dahl

O Toque de Ouro
Nathaniel Hawthorne

Jack
A. M. Homes

A foca branca
Rudyard Kipling

Rikki-tikki-tavi
Rudyard Kipling

Uma semana cheia de sábados
Paul Maar

Diário de um adolescente hipocondríaco
Aidan Macfarlane
e Ann McPherson

O diário de Susie
Aidan Macfarlane
e Ann McPherson

Histórias da pré-história
Alberto Moravia

Cinco crianças e um segredo
Edith Nesbit

Carta das ilhas Andarilhas
Jacques Prévert

A gata
Jutta Richter

Histórias para brincar
Gianni Rodari

Trio Enganatempo: Cavaleiros por acaso na corte do rei Arthur
Jon Scieszka

Trio Enganatempo: O tesouro do pirata Barba Negra
Jon Scieszka

Trio Enganatempo: O bom, o mau e o pateta
Jon Scieszka

Trio Enganatempo: Sua mãe era uma Neanderthal
Jon Scieszka

Vazio
Catarina Sobral

Chocolóvski: O aniversário
Angela Sommer-Bodenburg

Chocolóvski: Vida de cachorro é boa
Angela Sommer-Bodenburg

Chocolóvski: Cuidado, caçadores de cachorros!
Angela Sommer-Bodenburg

O maníaco Magee
Jerry Spinelli

Histórias de Bulka
Lev Tolstói

O cão fantasma
Ivan Turguêniev

A pequena marionete
Gabrielle Vincent

Um dia, um cão
Gabrielle Vincent

Um balão no deserto
Gabrielle Vincent

O nascimento de Celestine
Gabrielle Vincent

Os pássaros
Germano Zullo e Albertine

Dadá
Germano Zullo e Albertine

Norte
Alan Zweibel

POESIA

Animais
Arnaldo Antunes e Zaba Moreau

Mandaliques
Tatiana Belinky

Limeriques do bípede apaixonado
Tatiana Belinky

O segredo é não ter medo
Tatiana Belinky

Limeriques das causas e efeitos
Tatiana Belinky

Ora, pílulas!
Tatiana Belinky

Quadrinhas
Tatiana Belinky

Limeriques estapafúrdios
Tatiana Belinky

Histórias com poesia, alguns bichos & cia.
Duda Machado

Tudo tem a sua história
Duda Machado

A Pedra do Meio-Dia ou *Artur e Isadora*
Braulio Tavares

O flautista misterioso e os ratos de Hamelin
Braulio Tavares

O poder da Natureza
Braulio Tavares

O invisível
Alcides Villaça

TEATRO

As aves
Aristófanes

Lisístrata ou *A greve do sexo*
Aristófanes

Pluto ou *Um deus chamado dinheiro*
Aristófanes

O doente imaginário
Molière

Este livro foi composto em Lucida Sans
pela Bracher & Malta, com CTP e
impressão da Bartira Gráfica e Editora
em papel Alta Alvura 75 g/m^2 da Cia.
Suzano de Papel e Celulose para a
Editora 34, em março de 2015.